D0546885

Les chroniques
de Vladimir Tod
un secret bien gardé

Heather Brewer

Les chroniques de Vladimir Tod

Un secret bien gardé

Traduit de l'anglais (États-Unis)
par Cyril Laumonier

REMERCIEMENTS

Avant toute chose, j'aimerais remercier ma merveilleuse éditrice, Maureen Sullivan, et toute l'équipe de la maison Dutton, ainsi que mon fantastique agent, Michael Bourret, pour leur aide, leur sagesse, leur appui et leurs conseils. Tous ensemble, vous avez changé ma vie à un point que vous n'imaginez pas.

Mille mercis à Jackie Kessler et Dawn Vanniman d'être des lectrices fidèles, des amies merveilleuses et des critiques inestimables. Un remerciement particulier à Jacob Elwart et Katelyn Vanniman pour avoir aimé ce livre dès le début. Un grand merci à mes mignons, vous vous reconnaîtrez. Un merci à la société Pepsi-Cola pour m'avoir suffisamment fourni en caféine pour terminer le livre, à Ardyn qui est à l'origine de toute cette affaire et à Jacob et Alexandria, de ne pas avoir brisé - trop souvent - mes illusions.

Merci à la personne la plus importante, celle qui tient ce livre à cet instant précis. Vous n'avez aucune idée de ce que cela représente pour moi (ou pour Vlad).

Enfin, les mots seuls ne suffisent pas à exprimer ma reconnaissance envers Paul Brewer, mon mari, pour ses encouragements et son aide. Tu savais bien avant moi que j'en viendrais à bout. Merci.

À mon mari, Paul - Stephen King sait pourquoi.
Et à tous les jeunes marginalisés
dans les petites villes d'Amérique

1
OÙ EST-IL ?

Une branche d'arbre fouetta le visage de John Craig, lui écorchant la peau Il poursuivit sa course, ignorant les piqûres d'épines de pin sous ses pieds nus. Il entendait retentir les pas de son poursuivant.

L'homme se rapprochait.

John se prit la cheville dans une racine et tomba la tête la première. Le temps ralentit soudain, comme suspendu, à mesure que son visage approchait le sol couvert de feuilles mortes. Le froid envahit son corps. Son cœur résonnait dans ses oreilles. Avant que son visage ne frappe terre, l'étranger l'agrippa par les cheveux et lui tira la tête en arrière.

– Qu'est-ce que vous me voulez ?

John essaya de blesser son assaillant, qui sans effort lui attrapa les bras et les lui coinça dans le dos. Une main, recouverte d'un gant de cuir noir et brillant, tendit devant ses yeux une feuille déchirée de la *Bathory Gazette*. L'homme lui tira à nouveau les cheveux d'un coup sec.

– Où est-il ?

Au milieu de la page se trouvait une photo d'un garçon de quatorze ans que John connaissait bien. Il était entouré de nombreux camarades et de son professeur mais paraissait nerveux, mal à l'aise. Au bas de la photo, on lisait la légende : « De gauche à droite : Kelly Anbrock, Carrie Anderson, Henry McMillan, Jonathan Craig, Vladimir Tod, Edgar Poe, Mike Brennan ». En haut, un titre imprimé en gras : **Le club de rhétorique assuré de gagner la compétition régionale.**

Des larmes coulèrent le long des joues de John, qui secouait la tête, refusant de répondre.

Il sentit alors quelque chose de chaud et de visqueux parcourir son front. À travers ses verres teintés, il observa la forêt alentour. Il cria à l'aide de toutes ses forces, en vain.

– Où est ce garçon ? Où est Vlad ?

John se débattait. La tête de son assaillant était à deux millimètres de la sienne. Un souffle froid glissa le long de son cou et quelque chose de pointu lui racla la nuque.

– Parle ou tu mourras.

Il ouvrit la bouche mais n'eut même pas le temps de mentir. L'homme referma sa mâchoire. Ses crocs s'enfoncèrent dans sa peau, perçant profondément son cou.

2

HALLOWEEN

Le sourire aux lèvres, Vlad admirait son reflet dans le miroir. Henry allait adorer son costume. Ils n'avaient pas discuté de leurs déguisements mais Vlad était certain que cette stupide cape de Nylon noir et les crocs en plastique qu'il avait choisis au supermarché du coin les feraient rire toute la soirée. Il écarta sa mèche noire de ses yeux et mit les dents en plastique dans sa bouche. Elles se fixèrent parfaitement à ses vrais crocs, qui restaient légèrement allongés malgré son repas copieux.

Moins d'une heure auparavant, Tante Nelly avait réchauffé deux gros steaks : le sang coulait de la viande crue. Vlad avait résisté à l'envie de les attraper à mains nues pour les dévorer ; Tante Nelly restait très attachée aux bonnes manières. Ainsi, malgré la torture que c'était, il avait pris son temps pour couper sa viande en petits morceaux et sucer le jus de ses lèvres affamées avant de laisser la viande sèche et fade dans son assiette.

Il enleva ses fausses dents et examina la pointe de ses crocs.

– Tante Nelly, il faudrait que tu me prépares un goûter.

– Mais tu viens à peine de manger, s'exclama-t-elle d'une voix chantante en bas de l'escalier. Bon, mieux vaut ne pas prendre de risque avec tes canines. Quand est-ce que Henry arrive ?

– Il sera là d'une minute à l'autre.

Vlad entra dans sa chambre. Le vieux plancher grinça à chacun de ses pas. Il embrassa ses doigts puis les pressa contre un cadre posé sur l'armoire. Sur la photo, sa mère était assise au bord d'une vieille chaise d'époque victorienne et son père debout derrière elle, épousait de ses mains blanches les épaules de sa femme. Ils souriaient à l'objectif et Vlad se surprit à leur sourire à son tour. Il ouvrit le tiroir du haut et prit dans sa boîte secrète dix dollars, qu'il rangea dans sa poche. En sortant avec Henry, il savait qu'il fallait se préparer à toute éventualité.

Vlad quitta sa chambre et se dirigea vers l'escalier, en passant devant la bibliothèque. Tante Nelly se tenait au pied des marches, tendant une poche en plastique. Vlad pouvait apercevoir le liquide rouge sombre à travers et en salivait d'avance.

– Tu l'as passé au micro-ondes ? C'est meilleur chaud.

– Non, ça ira comme ça.

Elle écarquilla les yeux en le voyant mordre à travers le film et aspirer bruyamment.

– Prends une cuiller ! Tu vas en mettre sur le tapis ; je viens de le faire nettoyer. Il ne me reste plus que deux poches de sang. Je devrais en rapporter d'autres de l'hôpital ce soir, que tu en aies pour toute la semaine.

– Est-ce que tu pourrais me prendre du O négatif cette fois ? C'est mon préféré.

Elle acquiesça et Vlad lui sourit en allant à la cuisine. Il fourrait une grande cuillerée de délicieux sang à moitié congelé dans sa bouche lorsque l'on sonna à la porte. Il avala rapidement, jeta la poche vide dans la poubelle spéciale sous l'évier et remit ses dents en plastique par-dessus ses canines, qui rétrécissaient déjà. Il se cacha derrière le mur pour espionner la porte d'entrée, où sa tante saluait Henry.

Vlad bondit devant eux et ouvrit grand sa cape ridicule.

– Je vais te sucer le sang !

Henry éclata de rire et tapa Vlad dans le dos.

– Super, ton costume ! Regarde le mien, il va t'achever.

Henry posa les poings sur les hanches et tourna la tête : Vlad resta bouche bée en découvrant les deux petits trous dans le cou de son ami.

– Génial !

Il s'approcha pour inspecter les morsures. Elles étaient parfaites. De toute sa vie, Vlad n'avait vu qu'une seule morsure de vampire et le travail de Henry était vraiment très réaliste.

– Comment as-tu fait ?

– Avec de la pâte à modeler et de la confiture de framboises.

Tante Nelly lançait à Vlad un regard inquiet par-dessus ses lunettes.

– Est-ce que tu as assez mangé ?

Vlad fit oui de la tête, rangea son tube de crème solaire dans sa poche et ouvrit la porte.

– La fête se termine à minuit.

Nelly tendit le bras

– Tu n'auras pas besoin de crème ; je veux que tu rentres à vingt-trois heures.

– Vingt-trois heures ?

Nelly se montrait beaucoup trop protectrice. Vlad leva les yeux au ciel, ressortit le tube et le lui donna.

– Mais personne ne va partir si tôt. En plus, il y aura une énorme surprise à minuit.

Nelly se tourna vers Henry, qui confirma joyeusement.

– C'est une soirée à ne pas manquer.

– Bon...

Elle réfléchit en se mordant la lèvre et, après une longue hésitation, finit par soupirer.

– Très bien mais restez ensemble et si tu as faim, appelle-moi sur mon portable. Je passerai la soirée chez Deb.

Henry poussa Vlad avec l'épaule.

– Matthew m'a appelé tout à l'heure. Meredith sera là.

Vlad lui lança un regard menaçant puis le vampire et sa victime s'éloignèrent de la maison.

– Faites attention à vous, les garçons, cria Nelly.

Hormis sa fausse blessure, Henry était habillé comme d'habitude. Il prit soudain un air moqueur.

– Alors comme ça, il y a une grosse surprise à minuit ?

Vlad haussa les épaules et enroula sa cape.

– Bon sang, je suis une créature de la nuit, pas un bébé ! Elle serait prête à m'accompagner jusqu'à la fête et à m'embrasser devant tout le monde.

– Allez, ce n'est pas si grave. Si Nelly n'était pas là, personne ne t'embrasserait.

– C'est vrai que toi, tu t'y connais !

– J'ai déjà embrassé un tas de filles.

– Je ne parlais pas de ta mère, idiot.

En bas d'Elm Street, ils apercevaient les voitures garées devant la maison de Matthew. Une foule se déplaçait vers la demeure et Vlad, nerveux, sentit ses muscles se contracter. Les phares d'un des véhicules se tournèrent vers eux et les aveuglèrent momentanément.

Henry, lui, marchait les mains dans les poches, les yeux rivés sur le trottoir.

– Très drôle. Je parlais de filles comme Carrie Anderson et Stephanie Brawn.

– Stephanie embrasserait n'importe qui.

– Oui, je sais, répondit Henry en retrouvant le sourire. Sa sœur est mignonne aussi.

Vlad leva un sourcil, en ricanant à moitié.

– Mec, t'es dégoûtant. Elle a douze ans.

– Et alors ?

– Et alors tu auras quinze ans dans six mois !

Vlad secoua la tête et baissa les yeux vers sa chaussure droite déchirée.

Le sourire de Henry s'élargit encore.

– Elle est sympa.

– Ce n'est pas parce qu'une fille accepte de t'embrasser qu'elle est sympa.

Au loin, Vlad aperçut une fille vêtue d'un pull, bleu avec des ailes d'ange, entrer chez Matthew : c'était Meredith. Un matin, il l'avait entendue raconter à ses copines la façon dont elle allait se déguiser. C'était à ce moment-là qu'il avait enfin accepté l'invitation à la fête.

– Et donc, Einstein, qu'est-ce qui les rend sympas ?

Vlad stoppa net. Henry s'arrêta à son tour et redressa la tête avec un regard étonnamment brillant. Vlad réfléchit et déclara enfin :

– Les filles qui embrassent des garçons au fond de la salle de musique ne sont pas sympas.

– Je ne t'ai jamais dit que c'était dans la salle de musique.

Henry leva un sourcil, saisit Vlad par l'épaule et baissa la voix pour éviter les témoins gênants :

– Mec, arrête de lire dans mes pensées, je déteste ça.

Vlad se libéra puis se remit à marcher.

Henry lui donna un petit coup de coude en désignant un groupe de trois gamins en quête de friandises devant eux.

– Tu veux des bonbons ?

– Laisse tomber... Nelly m'en veut encore pour l'année dernière. Tu sais, les enfants ont dit à leurs parents qu'un vampire les avait attaqués. Et ce crétin d'officier Thompson s'est mis à poser un tas de questions à ma tante. Si les gens découvraient qui je suis...

Henry s'avança, fixant les petits qui s'éloignaient. Deux d'entre eux étaient déguisés en superhéros. Le troisième portait la même cape que celle de Vlad.

– Allez, ramène-toi, je te revaudrai ça. En plus, on va bien rigoler.

Le visage de Henry montrait qu'il n'abandonnerait pas aussi facilement.

– D'accord mais si on se fait choper, tu me le paieras.

Pendant que Henry allait se cacher dans les buissons qui bordaient le trottoir, Vlad se mit à courir aussi silencieusement que possible pour se retrouver seulement quelques mètres devant ses victimes. Puis, grimpant le long d'un vieux chêne, l'écorce lui râpant les mains, il se plaça sur une longue branche épaisse et chercha les petits des yeux. Il pouvait sentir le regard approbateur de Henry et dut se retenir de rire.

Les deux superhéros et le petit vampire passèrent sous la branche où était perché Vlad, leurs doigts agrippés à des taies d'oreiller remplies de sucreries. Vlad retira ses dents en plastique et les rangea dans sa poche. Tout à coup, il songea aux ruisseaux de sang dans leurs veines et eut une faim incontrôlable. Caressant ses crocs avec le bout de sa langue, il s'inclina et glissa de la branche. En un clin d'œil, il projeta tout son corps en avant. Les crocs en évidence, il plongea sur les enfants en déployant les bras et laissa échapper un râle. Il flotta jusqu'au-dessus de leurs têtes en criant.

Les superhéros prirent la fuite en hurlant et abandonnèrent leurs taies. Le petit vampire resta sans bouger, terrorisé et scrutant Vlad. Celui-ci hurla à nouveau et le garçon finit par lâcher enfin son sac, pétrifié.

Vlad pouvait entendre le cœur du garçon battre contre ses côtes, comme un grondement de tonnerre. Il sentait le flot de sang couler dans le corps du petit et se mit à paniquer lui-même.

Tout à coup, il vit sa propre image flotter sous l'arbre, avec une cape en plastique bon marché battant au vent, et des crocs blancs et pointus brillant dans la lumière. Il mourait d'envie de se faire pipi dessus mais qu'allaient dire Mark et

Todd ? Ça n'avait pas d'importance : c'étaient deux méchants idiots qui étaient partis sans lui. Et quand on le découvrirait mort le lendemain, ils s'en voudraient terriblement et ce serait bien fait pour eux.

Vlad cligna à nouveau des yeux, serrant d'abord fermement ses paupières puis les rouvrant d'un coup. Ses pieds touchèrent enfin terre, face au garçon. Il venait de lire les pensées du petit vampire sans même le vouloir.

– Tu devrais rentrer, murmura-t-il.

Ces mots magiques libérèrent les pieds du garçon jusqu'alors cloués au sol. Il se retourna et se mit à courir.

Henry sortit des buissons en éclatant de rire et s'empara d'un des sacs.

– Tu as vu sa tête ? J'ai cru qu'il allait se pisser dessus !

Il coinça la taie sous son bras, déchira un emballage orange, fourra une barre à la cacahuète dans sa bouche et en tendit une autre à Vlad.

Ce dernier porta le chocolat à ses lèvres et en prit une bouchée ; ses crocs se rétractèrent à nouveau. La friandise fondait sur sa langue mais il n'en retirait presque aucun plaisir.

Il attrapa le sac du petit vampire et se précipita pour rejoindre Henry, déjà arrivé devant la maison de Matthew. De la musique hurlait par la porte ouverte tandis que des rayons de lumière tachaient le porche. La mère de Matthew les accueillit en riant :

— Eh bien, entrez les mecs ! La fête commence et ça déménage !

Vlad et Henry s'échangèrent un regard. C'était toujours embarrassant de voir les adultes essayer d'avoir l'air cool. Sans commentaire, ils finirent par entrer. On avait repoussé les meubles du salon et une grande boule à facettes pendait au plafond. Dans un sifflement, des nuages de fumée venaient régulièrement recouvrir le sol. Vlad compta vingt de ses camarades de classe avant de remarquer Meredith qui se tenait près du bol à punch, de l'autre côté de la pièce.

Henry le bouscula un peu et lui dit quelque chose. Incapable de l'entendre par-dessus la musique, Vlad se contenta d'acquiescer puis le vit disparaître au milieu de la foule. Vlad s'installa seul à l'extrémité du canapé en attendant son retour. Bill Jensen et Tom Gaiber se présentèrent à l'entrée. Vlad s'enfonça dans le canapé en espérant passer inaperçu. Bill le regarda droit dans les yeux et attira Tom vers lui.

— Oh ! mon Dieu, regarde-moi ce loser !

— Sympa ton costume, le gothique.

Vlad détourna la tête.

— Sympa ton haleine, loser.

Depuis l'entrée, la maman de Matthew assistait à la scène avec des yeux pleins de pitié. Vlad aurait aimé qu'elle arrête mais elle continuait de scruter le pauvre garçon livide, maigre et impopulaire en train de se faire harceler. Pourvu qu'elle ne vienne pas le réconforter après et surtout, qu'elle n'intervienne pas. Au grand soulagement de Vlad, Bill et Tom s'éloignèrent. Bill cria aussi fort que possible :

— C'est pas tout ça mais j'ai les crocs !

Pour une fois, Vlad et lui étaient sur la même longueur d'onde. Ses canines s'allongèrent, poussant ses dents en plastique. Maintenant sa bouche fermée, il se précipita dehors et commença à s'étirer, conscient qu'il lui faudrait plusieurs minutes pour calmer son appétit.

La fraîcheur et la tranquillité du lieu lui faisaient du bien.

Il s'assit sur la balançoire du porche et écouta la musique. Il se mettait le doigt dans l'œil s'il pensait pouvoir inviter Meredith à la soirée de fin d'année. Les filles comme Meredith Brookstone ne sortent pas avec des garçons comme Vladimir Tod.

Ses crocs rétrécirent et, tandis qu'il se levait, Vlad entendit la voix de Meredith, douce et enjouée, par la fenêtre ouverte de la cuisine.

– Tu me demandes de sortir avec toi ?

Vlad crut que son cœur allait voler en éclats. Il se glissa à côté de la fenêtre et jeta furtivement un œil à l'intérieur.

Henry était assis sur le comptoir de la cuisine. Il se pencha alors pour murmurer quelque chose à Meredith. Ses cheveux ramenés derrière les oreilles, elle fit la moue. Vlad s'empêcha d'en conclure quoi que ce soit mais les lèvres de Henry à quelques centimètres de la petite oreille de Meredith suffisaient à le rendre fou de jalousie. Il n'avait jamais connu cela auparavant.

Henry regarda par la fenêtre. Vlad se cacha mais il était trop tard : il s'était fait surprendre. Henry déboula sur le porche.

– Ce n'est pas ce que tu crois !

Vlad voulut garder son calme et se donner un air indifférent. Au lieu de cela, sa voix se brisa et une boule lui comprima la gorge :

– C'était une erreur. Je vais rentrer.

– Déjà ? Et Meredith ?

Vlad haussa les épaules en descendant les marches du porche.

– Elle m'avait l'air entre de bonnes mains.

– Tu te trompes complètement. J'essayais de t'arranger le coup avec elle pour la soirée de fin d'année. Tu me crois, n'est-ce pas ?

Immobile, Vlad finit par sourire.

– Bien sûr que je te crois.

Henry, rassuré, passa à autre chose et lui demanda :

– Tu as entendu ce qui est arrivé à Mr Craig ?

– Quoi donc ? Est-ce qu'il va encore être malade toute une semaine ?

Henry ralentit.

– Il paraît qu'il a disparu.

– C'est pas vrai !

Vlad stoppa net, le temps de réaliser. Avec difficulté, il reprit sa marche en chassant de son esprit les scénarios qu'il venait d'imaginer.

– Quelqu'un a des infos ?

Henry n'avait plus la taie d'oreiller mais ses poches étaient pleines de bonbons.

– Pas vraiment. On dit qu'il s'est simplement évaporé dans la nature.

– C'est bizarre.

– Oui.

Alors l'expression sérieuse de Henry laissa à nouveau la place à son sourire habituel.

– Hé ! Est-ce que tu as vu la sœur de Stephanie là-bas ? Elle était vraiment mignonne.

Vlad hocha la tête et tourna dans sa rue.

– Mec, sérieusement... elle a douze ans !

3

LE GRENIER SECRET

Vlad sortit du lit et se frotta les yeux. Il traversa sa chambre en évitant de marcher sur Henry, qui ronflait encore dans son sac de couchage à même le sol, et pénétra dans la bibliothèque en fermant la porte derrière lui. Sur l'étagère la plus proche, il attrapa un exemplaire de la *Théorie et pratique de la télépathie* et fut attiré vers l'escalier par une odeur de sang frais et de bacon grillé. Tante Nelly, occupée devant le four, se retourna juste au moment où il s'assit à la longue table en bois.

— Bonjour, mon rayon de soleil.

Vlad cligna des yeux.

— Bonjour, acide sulfurique.

— Je te demande pardon ?

— Tu ne trouves pas ça déplacé de traiter un vampire de « rayon de soleil » ?

— Ah, désolée.

Elle posa un verre de jus écarlate devant lui, qu'il avala pendant qu'elle inspectait son livre.

— Est-ce que tu as un souci ?

– Plus ou moins. J'ai lu dans les pensées de quelqu'un hier soir. Quelqu'un que je ne connaissais même pas.

Nelly s'assit en face de lui et dégusta son café.

– Je croyais que tu ne pouvais lire que dans mes pensées et celles de Henry.

– Moi aussi, c'est ce que je croyais.

Il se gratta le cou et ouvrit le livre à une page couverte de pense-bêtes.

Nelly prit un air pensif.

– Vladimir... tu n'aurais pas...

Il parcourait la page, n'écoutant Nelly qu'à moitié. Soudain, il comprit le sous-entendu :

– Non ! Je ne boirais jamais le sang de quelqu'un volontairement.

– Sauf celui de Henry, tu veux dire.

– Tante Nelly, je n'avais que huit ans ! Est-ce qu'on ne pourrait pas oublier cette histoire ?

– Eh bien, répondit-elle d'un ton égal mais prudent, si tu n'as pas goûté au sang de cette personne, comment expliques-tu être capable de lire dans son esprit ?

Vlad se concentra sur le livre et passa en revue ses notes sur la télépathie.

– Aucune idée. Malheureusement, je n'ai pas d'encyclopédie vampirique sous la main.

Nelly lui tendit une assiette de pâtisseries et remplit la sienne de bacon, d'œufs brouillés et de toasts. Vlad se servit tandis qu'elle remplissait à nouveau son verre du sang dont il avait besoin pour la journée. Nelly n'avait jamais montré de dégoût à l'égard des habitudes alimentaires de Vlad ; cette infirmière se pliait en quatre pour lui rapporter du sang de l'hôpital. Elle entama son bacon en observant son neveu avec grand intérêt.

– Alors, qu'est-ce qu'il s'est passé à minuit ?

– Je n'en sais rien. Nous sommes partis tôt. Ça t'ennuie si Henry dort une nuit de plus ici ? Ses parents ne rentrent pas avant lundi après-midi.

– Tant que vous trouvez le chemin jusqu'à l'école le matin, il n'y a aucun problème.

Comme réveillé à l'appel de son nom, Henry se précipita en bas des marches et, encore dans le brouillard, entra dans la cuisine avec un sourire reposé. Tante Nelly lui offrit une assiette, termina son bacon et embrassa Vlad sur le front.

– À plus tard, les garçons. J'ai une longue journée, aujourd'hui.

Vlad glissa son doigt sur le bord de son verre.

– Dis, Nelly, on doit faire notre arbre généalogique pour le cours d'histoire. Je me demandais si tu pouvais m'aider.

Nelly ébouriffa les cheveux de Henry en allant vers la porte.

– Est-ce que tu as regardé dans le grenier ? Il y a de vieux albums de ton père. Ils te seraient plus utiles que moi.

Elle soupira en voyant Vlad la dévisager d'un air ahuri.

– Sérieusement, Vladimir, tu vis ici depuis trois ans et tu ne connais toujours pas notre grenier secret ? Pour l'amour du ciel, la porte est à seulement un pas de ton lit ! Je croyais que les vampires étaient censés avoir une intuition ultradéveloppée.

Vlad ne dit rien, haussa les épaules et reprit un gâteau.

Puis la porte claqua et Vlad et Henry se retrouvèrent seuls pour la journée.

Ils finirent leur petit-déjeuner et s'installèrent devant la télévision, zappant entre les dessins animés et les films d'action, jusqu'à la fin de l'après-midi. Henry avait déjà battu Vlad deux fois à *Route vers l'Armageddon* mais la troisième partie s'annonçait fatale. Il y avait à la clé non seulement fortune et gloire mais l'androïde qui tuerait le terrible roi extraterrestre se verrait élevé au rang de demi-dieu. Juste au moment où Vlad brandit son sabre laser pour achever le roi, Henry alluma son turbo et le prit de court. Vlad lança violemment la manette.

— Je suis nul à ce jeu !

— Oui mais tu sais voler. Il faut bien que je sois meilleur que toi à quelque chose.

Henry reposa sa manette et prit sa canette déjà ouverte. Le sol était un véritable champ de bataille, entre les sacs de chips ouverts et les emballages de bonbons.

— Je ne sais pas voler. Je plane simplement.

— Je me demande si tu pourras te transformer quand tu seras plus vieux.

Vlad pensa d'abord à une plaisanterie mais le visage habituellement jovial de son ami était on ne peut plus sérieux. Il hocha la tête.

— Tu es bête.

— Penses-y : dans toutes les vieilles histoires et les légendes, les vampires se transforment en chauve-souris ou en loup, disparaissent en un nuage de fumée... Ça peut arriver.

Vlad reprit sa manette et tenta de cacher son excitation. En réalité, il y songeait depuis longtemps.

— Je suppose que oui. Mais je ne suis pas vampire à cent pour cent. Ma mère était humaine, tu sais ?

Henry baissa la voix et lui adressa un regard bienveillant.

– Ils doivent beaucoup te manquer.

– Constamment.

Vlad retint son souffle une seconde et essaya de contenir les larmes qui lui montaient aux yeux. Il ne se passait pas un instant sans qu'il ne pense à son père et au sourire si gentil qui brillait dans ses yeux ou à la façon dont sa mère l'embrassait sur le front chaque fois qu'il se trouvait près d'elle. Les trois dernières années sans eux auraient été pires que l'enfer si Nelly n'avait pas été là. Ce n'était pas grave s'ils n'appartenaient pas vraiment à la même famille. Nelly et sa mère étaient plus proches que des sœurs et cela suffisait pour l'appeler sa tante.

– Leur mort a été si étrange.

– Oui, répondit Vlad, normalement les gens ne prennent pas feu sans raison.

S'il gardait un ton indifférent, il espérait secrètement que Henry lâche l'affaire. Il relança la console.

– On se fait encore une partie, mais cette fois, je prends le roi des aliens.

– J'ai faim.

Apparemment, Vlad n'était pas le seul à pouvoir lire dans les pensées des autres.

– Il y a du poulet grillé dans le réfrigérateur.

Henry disparut à la cuisine et revint avec une assiette de poulet dans les mains et un pilon entre les dents.

– Ch'ahore le foulet de Nenny.

Vlad plissa le front, en contenant la nausée provoquée par l'odeur de chair cuite.

– En parlant de Nelly… je ferais mieux de travailler sur mon arbre généalogique. Si j'ai encore un D en histoire, elle va me tuer. On doit le faire pour quand ?

– Vendredi. Tu en es où pour l'instant ?

Vlad leva les sourcils.

– Est-ce qu'écrire mon nom en haut de la feuille compte ?

– Je ne crois pas, non.

– Tant pis, je n'ai même pas fait ça de toute manière.

**

Il ne leur fallut pas longtemps pour trouver la porte du grenier. Vlad s'empara d'une lampe de poche dans son armoire et s'y engouffra le premier, suivi de près par Henry. Des marches étroites en colimaçon les amenèrent à la pièce secrète. En haut, Vlad attrapa un cordon et un faible éclat illumina la pièce.

Des amas de boîtes se dressaient le long des murs. Vlad en prit une au sommet d'une pile et la posa aux pieds de Henry. Il en attrapait une seconde quand Henry s'exclama :

– Qu'est-ce qu'il nous faut exactement ?

– Des albums photos et des certificats de naissance. Et avec de la chance, un arbre généalogique.

Vlad s'assit sur le plancher et arracha la bande adhésive d'un des paquets. Au début, ils ne trouvèrent rien de passionnant, entre des feuilles d'impôt et des classeurs de reçus. Cependant, Vlad aperçut au fond du premier carton plusieurs boîtes à chaussures débordant de photos de famille. Il les mit de côté et passa au deuxième.

À la dixième boîte, ils découvrirent de nombreux albums, une épée avec les initiales « MT » inscrites dessus, un étrange livre en cuir avec deux fermoirs de cuivre et deux petits coffrets de velours contenant les alliances de ses parents. Épuisé par ses recherches, Vlad balaya une fine couche de poussière de ses genoux.

– Ça devrait suffire.

Henry, qui enlevait une toile d'araignée de son oreille, acquiesça, souleva plusieurs albums et disparut dans l'escalier.

Alors qu'il le rejoignait, Vlad remarqua soudain un cylindre qui dépassait d'une petite boîte à la fin de la rangée, contre le mur. Il était petit, pas plus de quinze centimètres, lisse, complètement noir, à l'exception d'un étrange symbole doré gravé à l'une des extrémités. Trois lignes en biais barraient le bas du tube, encadrées par deux demi-cercles. Vlad glissa alors le cylindre dans sa poche avant d'éteindre la lumière et de redescendre dans l'obscurité.

Henry l'attendait dans sa chambre. Vlad n'eut pas le temps de partager sa curieuse découverte : Tante Nelly les appelait déjà.

– Je suis de retour ! Qui veut des hamburgers ?

Ils bondirent en bas des marches, l'estomac gargouillant, et aidèrent Nelly à préparer le dîner. Une fois la table mise et les frites sorties du four, elle posa une bouteille, dont l'étiquette affichait « ketchup », sur la table. Henry tendit la main mais Nelly l'arrêta sec avant de lui donner une autre bouteille.

– Prends plutôt celle-là, mon chéri. L'autre est pour Vlad.

Ce dernier se servit copieusement de sang, y plongea une frite et en croqua un morceau. Sa viande était crue et le sang qui en sortait avait imbibé le pain autour. Il prit son hamburger à deux mains, en sentant ses crocs s'allonger, et se mit à le dévorer. Ils avaient beau se connaître depuis des années, Henry semblait toujours dégoûté par le sang qui coulait du pain dans l'assiette de Vlad.

Après leur repas les garçons s'installèrent sous le porche avec leurs verres, pour regarder les étoiles apparaître une à une sur le voile de la nuit. Nelly avait offert à Henry une brique de jus de fruit, avec une paille enfoncée à l'intérieur. Vlad, lui, avait eu droit à une poche de sang. Ils dégustèrent leurs boissons, en écoutant les bruits du crépuscule pendant plusieurs minutes, avant que Vlad ne prenne la parole.

– À ton avis, qui va remplacer Mr Craig ? On ne va tout de même pas se taper le proviseur toute l'année.

Cette question le préoccupait malgré tous ses soucis. Il n'aimerait certainement pas se trouver nez à nez avec Mrs Bell, ses cheveux bleutés, ses dents de travers et ses sourcils dessinés. Pour une raison inconnue, elle sentait toujours l'après-rasage et la crème musculaire.

– L'an dernier, Mrs Bell l'a remplacé deux semaines quand son frère est mort.

– Ce ne sera pas elle. Elle travaille à plein temps au lycée, maintenant.

Vlad brandit alors le cylindre qu'il avait trouvé.

— Regarde ça. Je suis tombé dessus dans le grenier.

Henry s'empara de l'objet et Vlad ressentit soudain le curieux besoin de le reprendre et de le garder. Henry le retourna et admira le symbole gravé à l'extrémité.

— Qu'est-ce que c'est ?

Vlad le lui subtilisa des mains.

— Aucune idée.

Il le rangea à nouveau dans sa poche et fut alors enveloppé par une sensation de bien-être.

Henry se mit à bâiller et s'étira. Il avait de grands cernes sous les yeux.

Vlad bâilla à son tour. Ce serait difficile de se réveiller le lendemain à six heures pour aller affronter un nouveau remplaçant.

4

LA TRAQUE CONTINUE

Un homme en noir leva les yeux de la coupure de presse froissée sur le garçon devant lui, qui traversait timidement la rue, un sac de supermarché dans une main et un vieil appareil photo 35 mm autour du cou. L'homme sourit avec satisfaction et remonta la rue à pas de loup.

Comme si le garçon ressentait sa présence, il s'arrêta au croisement et jeta un œil par-dessus son épaule. À moitié soulagé de ne voir personne, il tressaillit nerveusement et s'engouffra dans une allée sombre. La lune était pleine et haute dans le ciel, projetant un éclat bleu sur la ville de Bathory.

L'homme en noir plongea l'article dans sa poche et accéléra le pas.

De sa main libre, le garçon jouait avec le cache de son appareil, sans faire attention où il mettait les pieds.

L'homme le contourna pour se mettre en travers de sa route.

Le garçon ne le remarqua pas avant de lui rentrer dedans. Dans sa chute, il lâcha son sac.

– Oh, pardon. Je… je ne vous avais pas vu.

Il esquissait un sourire vers l'étranger.

L'homme sourit à son tour, tout en cachant ses crocs, et tendit la main pour l'aider à se relever.

– C'est un accident malheureux. Edgar Poe, c'est bien cela ?

Eddie nettoya rapidement son jeans et vérifia l'état de son appareil photo.

– Oui. Euh… enfin, Eddie. Personne ne m'appelle Edgar… sauf maman.

Une grosse veine dans le cou d'Eddie se gonflait, attisant l'appétit de l'étranger.

– Eddie, je me demandais si tu pouvais m'aider.

Le garçon était méfiant mais ne s'enfuit pas.

L'homme sortit alors la coupure de presse de sa poche.

– Est-ce que tu reconnais le garçon à côté de toi sur cette photo ?

– Euh… oui, je crois. C'est Vlad Tod, non ?

L'homme se lécha les lèvres. L'adolescent sentait l'AB négatif, un sang rare, délicieux, comme du champagne.

– Sais-tu où je puis le trouver ?

Eddie haussa les épaules et ramassa son sac.

– Je... je n'en sais rien. Au collège, j'imagine.

Il se retourna et reprit son chemin dans la ruelle.

L'homme sentit son estomac gronder. Il saisit Eddie par le col et ouvrit grand la bouche, dévoilant ses canines luisantes.

– Reste ici ! Dis-moi où il se trouve. MAINTENANT !

Eddie, terrorisé, fit de grands yeux.

– Mais vous êtes quoi ?

L'homme souleva Eddie et le tira vers lui ; les crocs n'étaient plus qu'à quelques centimètres de son visage.

– Je suis le croque-mitaine, Edgar. Et je viens prendre ton âme. Maintenant, dis-moi où je peux trouver Vladimir Tod.

Mais il n'entendit que le bruit d'un liquide couler sur le sol, s'échappant du pantalon d'Eddie. Soudain, celui-ci se mit à hurler, et une voix aiguë perça alors depuis la maison au bout de l'allée, sans aucun doute sa mère.

– Edgar ! Tu ferais mieux de revenir à la maison tout de suite ! Si je dois aller chercher ton père...

L'homme relâcha Eddie et s'échappa furtivement, regrettant de laisser derrière lui un bon repas chaud et la réponse qui le mènerait au fils de Tomas.

5

OTIS OTIS

Vlad ajusta ses lunettes de soleil et monta les marches de l'école. Il était content d'avoir Henry à ses côtés. Pour une raison ou une autre, les brutes gardaient leurs distances lorsqu'il était là. Bill et Tom les dépassèrent sans rien dire. Le proviseur Snelgrove attendait en haut des marches, scrutant Vlad de ses petits yeux de fouine. Le principal détestait Vlad depuis son premier jour à Bathory. Pour l'accueillir comme il se devait, Bill et Tom l'avaient poussé et Vlad était rentré dans Mrs Kumus, qui s'était cassé le nez en chutant. Bien sûr, tout cela n'était qu'un accident mais depuis ce jour, Snelgrove le regardait toujours d'un air inquisiteur. Henry sourit en passant devant la fouine.

– Bonjour, monsieur Snelgrove.

Le proviseur hocha la tête, décollant juste une seconde son regard de Vlad.

– Vous feriez bien de prendre exemple sur votre ami, monsieur Tod.

Devant la classe de Mr Craig, Henry salua Vlad et descendit le couloir. C'était étrange pour eux de ne plus avoir les mêmes profs cette année mais ils continuaient de déjeuner à la même table, de s'amuser ensemble pendant l'heure d'étude et de rentrer de l'école côte à côte. Vlad franchit le seuil de la salle numéro six et retint son souffle une seconde, priant qu'en relevant la tête vers le bureau du professeur, il n'aperçoive pas cette vieille bique de Mrs Bell.

À son grand soulagement, le bureau était inoccupé.

Il alla dans le fond gauche de la classe, lâcha son sac à côté de sa table et s'assit en soupirant, déjà épuisé. Meredith entra, illuminant la journée de Vlad de son si joli sourire. Elle discutait avec Kara Metley, une de ses deux meilleures amies. Melissa Hart manquait désormais à l'appel. Elles formaient jusqu'alors un trio inséparable mais Melissa avait été placée dans la classe de Mr Crumble, avec Henry. Cet arrangement convenait parfaitement à celui-ci, qui avait un faible secret pour elle depuis le bal d'hiver l'an dernier, où elle avait giflé un garçon qui avait tenté de l'embrasser. Henry était un garçon étrange.

Meredith posa ses yeux sur Vlad, qui s'enfonça dans sa chaise en espérant qu'elle n'ait pas remarqué la façon dont lui l'avait regardée, puis elle alla s'asseoir. Au signal de sa copine, Kara s'avança vers Vlad et déposa un mot devant lui en souriant. Elle se retourna et partit s'installer à côté de Meredith.

Vlad eut soudain un nœud dans la gorge. Il déplia le morceau de papier le plus naturellement possible et fit de son mieux pour déchiffrer l'écriture féminine, ronde, de Kara. L'ego de Vlad prit un grand coup en voyant la question inscrite sur le papier. Courte, précise, elle lui fit très mal :

« Henry aime Meredith ? »

Aïe !

Et il y avait un petit cœur sur le « i » de Meredith.

Double aïe !

Il replia la feuille et la glissa dans la poche avant de son sac à dos. Il y répondrait plus tard, lorsqu'il aurait les idées plus claires et le cœur plus léger.

La porte de la classe s'ouvrit. Après un suspense de quelques secondes, un homme grand et mince dans un costume trois-pièces pénétra dans la salle. Sous sa veste noire, il portait un gilet gris et, par-dessus, une chemise d'un blanc éclatant. De sa poche intérieure pendait une chaîne de montre en or et il tenait dans sa main une vieille sacoche de médecin en cuir.

Il la déposa sur son bureau et se tourna vers la classe avec un large sourire et des yeux bleus brillants.

– Bonjour à tous. Je suis Mr Otis et c'est moi qui remplacerai Mr Craig pendant son absence. Puisque mon prénom est identique à mon nom de famille, vous pouvez utiliser l'un ou l'autre, tant que la mention obligatoire « Monsieur » précède votre choix.

Mr Otis sonda la pièce : il s'attendait à être interrompu. Suite au silence, il se racla la gorge et reprit :

– Il est bien triste de nous retrouver réunis en de telles circonstances, puisque Mr Craig était...

Il claqua sa langue et s'assit sur le coin de son bureau.

– ... est... un professeur talentueux et admiré. Mais si regrettable que soit la situation, je ferai de mon mieux pour vous instruire de façon ludique.

Particulièrement curieuse, Kara leva la main. Elle n'attendit pas d'obtenir la parole mais préféra se faire remarquer par une question.

– Vous connaissez Mr Craig ?

Mr Otis s'arrêta un instant, se mouilla les lèvres et répondit :

– J'ai bien peur de ne pas avoir ce privilège.

– Depuis quand enseignez-vous ?

– Depuis longtemps.

Il tourna le dos aux élèves et se mit à fouiller dans sa sacoche. Lorsqu'il revint face à eux, son sourire semblait moins crispé. Il brandissait un plan de classe.

– Depuis très longtemps, en effet. Dernièrement, j'ai occupé un poste à plein temps comme professeur de mythologie au lycée de Stokerton mais j'ai enseigné de nombreux sujets à travers le monde.

Vlad leva à son tour la main et Mr Otis le remarqua de suite.

– Vous enseignez aussi la littérature alors ?

– Non. Enfin, pas avant aujourd'hui.

Il inspecta à nouveau sa sacoche et sortit une poignée de feuilles. Il divisa le paquet en cinq et tendit l'ensemble aux cinq bancs du premier rang. Familier de cette pratique, chacun attrapa une feuille avant de faire passer le reste à son voisin.

– Mais ne vous inquiétez pas. J'ai déjà un plan de cours que vous trouverez, j'en suis sûr, aussi instructif qu'amusant.

Chelsea Whitaker ne prit même pas la peine de se retourner vers Vlad ; elle lui balança par-dessus son épaule la dernière feuille du paquet. Le papier vola dans les airs et atterrit sur le sol. Vlad le ramassa et donna un petit coup de pied dans la chaise de Chelsea. Il parcourut la feuille, avec la liste des devoirs et la mention : « objectifs particuliers de la classe ». Les dates de rendus étaient inscrites clairement à côté de chaque devoir. Vlad fronça les sourcils. Il y en avait jusqu'à la fin de l'année scolaire. Combien de temps ce type pensait-il rester ?

Visiblement, Kara se faisait la même réflexion :

– Combien de temps allez-vous enseigner ici ?

Mr Otis parcourut la classe du regard, l'air sérieux. Il ne dit pas un mot. Vlad secoua la tête, l'expression de Mr Otis étant en tout point identique à celle de Nelly ce matin au petit-déjeuner.

Chelsea appela Kara.

– Tu es bête. Il sera là jusqu'au retour de Mr Craig.

– *S'il* revient.

Toute la classe se tut en entendant Meredith. Oui, ils y avaient tous pensé mais cela faisait un choc de voir que quelqu'un avait le courage de dire à haute voix ce qu'ils redoutaient. Kara jeta un regard noir à Chelsea.

Mr Otis se racla à nouveau la gorge, pour attirer l'attention de tous.

– Chelsea a raison.

Bien sûr qu'elle avait raison. Chelsea était capitaine des pom-pom girls. Elle avait toujours raison... ou du moins, elle y croyait.

Mr Otis pointa son regard vers Vlad, sortit sa montre de sa veste et l'ouvrit. Il la referma d'un coup sec et la rangea.

– J'enseignerai ici aussi longtemps qu'on aura besoin de moi et seulement le temps que votre professeur, Mr Craig, jugera ma présence nécessaire. Si le débat est clos, nous pouvons à présent nous pencher sur le plan du cours.

Il se tourna vers le tableau et dessina une série de gribouillis incompréhensibles, sans doute des mots clés pour les devoirs sur lesquels ils allaient devoir plancher.

– Puisque votre professeur vous demande habituellement des rédactions pour tester votre style et votre orthographe, j'en ferai de même. Néanmoins, comme je l'ai déjà expliqué au proviseur Snelgrove, je combinerai cette tâche à ma spécialité : la mythologie. Toutes les deux semaines, nous étudierons une nouvelle créature mythologique. À la fin de l'année, si vous êtes toujours bénis de ma présence, vous aurez droit à un test sur l'écriture, la grammaire, la ponctuation et la mythologie.

Vlad cligna des yeux vers le tableau. Un des mots ressemblait à « dimagom » mais ce devait être une erreur. Le suivant ressemblait à « loudefarys ». Vlad cligna encore plus fort les paupières avant de jeter un œil à la feuille qu'il tenait dans les mains. En bas se trouvait une liste de créatures mythologiques. En premier, les dragons. Il releva la tête au tableau. « Dimagom ». Cela pouvait coller. Et « loudefarys » faisait étrangement penser au deuxième élément de la liste : loups-garous. Renonçant à déchiffrer l'atroce écriture de Mr Otis, Vlad poursuivit la liste sur la feuille.

Licornes, griffons, centaures, zombies, sorcières, vampires, fées, gnomes, trolls, gargouilles, sirènes, nymphes et banshees.

Vlad remonta jusqu'à « vampires » et ne put s'empêcher de sourire. Cela promettait d'être intéressant : qu'est-ce que le reste de la classe pensait donc de lui ? Du moins, qu'est-ce qu'une partie d'entre eux pouvait penser ? Vlad se fichait bien de l'opinion de certains.

Devant lui, Chelsea ricanait à un mot que Sylvia Snert venait de lui passer ·

« Ce mec est taré !!! »

Chelsea brandit son stylo et griffonna sa réponse mais son épaule empêchait Vlad de lire. Ça n'avait rien de passionnant mais ça l'était toujours plus que la première heure de cours sans Mr Craig. D'ailleurs, l'après-midi promettait d'être tout aussi ennuyeux puisque le proviseur avait annoncé au début de l'année qu'il y aurait désormais deux heures d'étude par jour, une en début et l'autre en fin de journée. Snelgrove s'était plaint que de trop nombreux élèves séchaient les cours et que ceux qui ne rendaient pas leurs devoirs avaient contaminé leurs camarades. Sa solution, un vrai mystère, était de faire passer plus de temps aux élèves dans leurs salles de classe... comme si le rhume des foins qu'ils prétendaient tous avoir allait disparaître grâce à ça.

Chelsea tendit le mot à Sylvia. Sans rien dire, Mr Otis se glissa dans la rangée et s'empara du papier. Debout face à elle, il le déplia et le lut en silence, sans sourciller. À la grande surprise de Vlad, il posa le mot sur la table de Sylvia et retourna vers le devant de la classe comme si de rien n'était.

— Je comprends que ce sera un défi de vous adapter à ces nouveautés. Certains s'adapteront sans doute mieux que d'autres. Certains...

Il sourit à Sylvia qui lisait encore la réponse de Chelsea.

– ... penseront que je suis taré. Pendant que d'autres...

Son regard s'adressa alors à Chelsea qui était rouge comme une tomate.

– ... me trouveront fascinant. À croquer même.

Mr Otis leva les sourcils. Des rires éclatèrent dans la salle et Chelsea rougit encore plus.

– Mais quoi que vous puissiez penser de moi jusqu'à présent, je vous prierai de garder l'esprit ouvert. Et si je peux vous être utile d'une façon ou d'une autre, je vous en prie, n'hésitez pas à venir me voir.

Son regard croisa brièvement celui de Vlad puis il traversa la pièce.

– Passons. Test surprise sur la ponctuation !

***

Après un cours de Mr Harold sur le système métrique à tomber dans le coma et une vidéo miraculeusement courte sur la vie secrète des fougères avec la prof de biologie Mlle Meir, Vlad fourra ses manuels dans son casier déjà plein, attrapa son déjeuner et referma violemment la porte.

— J'en connais un qui déteste le lundi.

Henry souriait bêtement, deux casiers plus loin.

— Fiche-moi la paix.

— Bon. Alors quoi de neuf ?

— Rien. Toujours pas de devoir pour le moment.

— Moi non plus mais je suis presque sûr que la vieille Batty va nous flanquer un contrôle surprise.

Vlad tressaillit : Batilda Motley, la prof d'histoire, donnait les tests les plus difficiles au monde.

Ils se dirigèrent vers la cafétéria.

L'attention de Henry était constamment détournée par les jolies filles qui passaient près d'eux. Voyant que Vlad y était peu réceptif, Henry enchaîna.

— Alors comment tu trouves le nouveau prof ?

— Pas mal.

La cafétéria était déjà bondée et le proviseur Snelgrove grognait tout seul. Vlad suivit Henry dans la queue et l'écouta parler de son programme chargé pour les vacances d'hiver. Ses parents avaient enfin accepté de les emmener, lui et son frère, skier une semaine et ce voyage l'obsédait.

Henry scruta son plateau avec dégoût.

— Je suis désolé mais ça, ce n'est pas de la pizza. C'est vert !

Vlad haussa les épaules en brandissant son sac en papier.

— Ça pourrait être pire.

Nelly lui préparait toujours la même chose pour le déjeuner. Il ne pouvait pas s'en plaindre : les vampires n'ont pas vraiment le choix pour dissimuler leur nourriture dans des plats ordinaires. Chaque jour était accompagné d'un sandwich au beurre de cacahuète et confiture, avec un gâteau, tous deux remplis de petites capsules de sang soigneusement arrangées par Nelly. Personne n'avait jamais remarqué la particularité de ses repas mais on lui avait déjà proposé d'échanger une tranche de pizza ou des frites contre un de ses gâteaux. Vlad avait refusé poliment. Si son déjeuner lui semblait monotone, cela valait toujours mieux que l'époque du primaire, où sa mère venait déjeuner avec lui sur le parking de l'école. Boire du sang sorti d'une glacière lui donnait l'impression d'être une vraie fillette.

Henry se dirigea vers leur table habituelle près de la porte. En passant à côté de Meredith, Vlad osa lui sourire.

Mais ce fut de courte durée.

Vlad trébucha la tête la première. Il serra son déjeuner contre sa poitrine et sentit les capsules de son sandwich exploser. Des rires éclatèrent derrière lui mais Vlad s'empêcha de se retourner. C'était sans doute Bill ou Tom qui l'avait fait tomber et il préférait ignorer si Meredith riait elle aussi. Avec l'aide de Henry, il se releva et gémit en voyant le sac écrasé couvert de rouge. Un mélange de confiture et de sang tachait le devant de sa chemise. Il ramassa le sac et le jeta dans la poubelle la plus proche avant de se diriger vers le couloir.

– Où pensez-vous aller, monsieur Tod ?

Le proviseur Snelgrove renifla, comme s'il sentait mauvais.

Vlad tira sur sa chemise.

– Je suis tombé sur mon déjeuner, donc je vais appeler ma tante.

– Ce ne sera pas la peine. Payez-vous un repas chaud pour aujourd'hui.

Vlad parcourut ses canines avec la langue et lança son regard vers la porte.

– Et pour ma chemise ?

– Vous n'avez plus que vingt minutes de pause, monsieur Tod. Je vous conseille de vous dépêcher.

Vlad ouvrit la bouche mais fut coupé dans son élan par les bruits de pas de Snelgrove, qui se rapprochait de la porte comme pour l'empêcher de fuir. Se sentant incapable de rester poli, il retourna auprès de Henry et s'assit face à lui.

Henry fit une grimace en voyant la tache.

— Je n'arrive pas à croire qu'il t'empêche d'appeler Nelly.

Appuyé sur son coude, Vlad mit sa tête dans sa main. Son estomac gargouilla. Il posa alors le menton sur la table. La journée allait être longue.

Une moitié de sandwich atterrit devant Vlad, qui soupira :

— Tu sais que ça ne me sert à rien de manger ça.

Il leva malgré tout la tête et découvrit le sourire de Meredith, qui ne l'avait apparemment pas entendu marmonner.

— Tu peux prendre la moitié de mon sandwich, Vlad.

Elle rougit sous son regard et bien qu'il prît une profonde inspiration, Vlad sentit son cœur s'affoler.

Henry vint à sa rescousse.

— Merci, Meredith.

Son sourire s'élargit et elle s'en alla. Sa jupe voletait autour de ses genoux.

Vlad avait mal au cœur. Il frappa l'avant-bras de Henry avec le revers de la main, en ne maîtrisant pas du tout sa force.

– Qu'est-ce que tu fais ?

– Ça s'appelle être poli, crétin.

Henry déballa le sandwich de Meredith et en prit une bouchée.

Vlad désespérait de ne pas être un humain.

– J'allais parler. Il me fallait juste une minute.

Une minute pour quoi, il l'ignorait, mais heureusement Henry ne lui posa pas la question.

À sa grande surprise, ses crocs restèrent en place pendant toute l'heure d'histoire et celle d'étude. En fin de journée, son ventre gargouilla bruyamment lorsqu'il entra dans la classe de Mr Craig mais ses canines ne bougèrent pas jusqu'à la sonnerie, qui le libéra enfin de la prison du collège.

Henry salua Vlad avant de se rendre à une nouvelle réunion du conseil des élèves et Vlad se traîna jusqu'à son casier. Il n'eut pas le temps de voir Tom et Bill arriver que déjà Tom le tenait fermement par la chemise. Son haleine sentait la menthe, ce qui en soi n'était pas désagréable. Derrière lui, Bill agitait les épaules et guettait la moindre arrivée dans le couloir.

– Qu'est-ce que tu attends, le gothique ?

Tom secoua Vlad et le projeta contre son casier.

Vlad faisait de son mieux pour garder la bouche fermée ; il n'avait pas peur de lui répondre mais il sentait une envie irrésistible de le mordre. Il fit traîner sa langue le long de ses dents ; ses crocs ressortirent, sensibles au subtil parfum de sang qui coulait sous la peau de Tom.

– Je ne suis pas gothique.

Tom l'éloigna du casier et le projeta à nouveau ; un grand fracas résonna dans le couloir.

– Comment ?

– Je ne suis pas gothique, répéta Vlad en redressant les épaules.

– Sale petit gothique. Tu sais même pas que t'en es un !

En soi, Vlad n'avait strictement rien contre les gothiques. Une fois, il en avait aperçu traîner près de l'entrée du lycée de Bathory en pleine nuit, vêtus de noir, rêvant d'échapper à la vie de province. En réalité, ils n'étaient pas si différents de lui, avec leurs cheveux, leurs vêtements et leur humour noirs. D'ailleurs, Vlad espérait au fond de lui avoir un jour la chance de trouver des amis qui lui ressemblent autant. Henry était génial mais c'était fatigant d'être toujours son faire-valoir.

Tom le bouscula à nouveau, furieux que Vlad ne tremble pas devant lui. Mais Vlad, qui pourtant préférait tout sauf passer son temps avec Tom, n'éprouvait pas vraiment de peur. À vrai dire, il n'en éprouvait aucune. Il avait juste... faim.

Retenant son souffle, Vlad pénétra l'esprit de Tom. Le sang lui monta subitement à la tête et il devint fou de rage. *C'était quoi, son problème, à ce type ? Pourquoi est-ce qu'il ne suppliait pas qu'on le laisse partir ? Et qu'est-ce qu'il avait à dévisager les gens comme ça ?*

Tom lança un regard derrière son épaule et Bill haussa à peine les siennes. Tom recula son poing. *Un coup rapide ferait l'affaire ; il marcherait ensuite tranquillement le long du couloir jusqu'à la voiture de sa mère qui attendait sur le parking. Maman s'énerverait vraiment si Tom était en retard à son cours de danse classique. Il détestait la danse. Tous ces mecs en frou-frou et leurs justaucorps à la con. Mais elle l'obligeait à continuer : trois années n'avaient pas suffi. Au moins, Bill n'en savait rien. Bill croyait qu'il allait tous les vendredis chez son oncle pour apprendre à fabriquer des bombes artisanales. S'il savait la vérité...*

Vlad sourit en revenant à lui. Cela avait été si simple. Peut-être que la faim avait facilité les choses. Sans même regarder le poing de Tom, il murmura :

— Tu devrais te dépêcher, petite ballerine. Tu ne dois pas être en retard.

Tom cligna des yeux. Il baissa le poing et se retourna vers Bill, prêt à cogner.

– Qu'est-ce que Bill dirait s'il savait que tu danses en collants avec d'autres garçons ? Tu crois qu'il serait ouvert ? Compréhensif ?

Vlad se tourna vers Bill, qui attendait que Tom passe à l'action.

Alors Tom lâcha prise et recula. Il tira son pote par la manche et ils descendirent ensemble le couloir. Bill lui posa des tas de questions en chuchotant mais Tom le fit taire d'un violent coup de coude.

À travers une fenêtre, Vlad aperçut son reflet. Il semblait plus pâle, plus vieux, et particulièrement féroce. Il sourit, dévoilant ses parfaites canines blanches.

Au bout du compte, cela avait été une bonne journée.

6

SECRETS ET SANCTUAIRE

– Avec mes vêtements, à qui est-ce que je vous fais penser ?

Mr Otis sonda la classe des yeux. Plusieurs élèves tripotaient des objets sur leur table. D'autres croisaient son regard avec une profonde indifférence.

– Allez, dites-moi la première chose qui vous vient à l'esprit.

Une petite voix rompit le silence :

– Un clochard ?

Stephanie Brawn leva la main. Elle affirma d'un ton assuré :

– Un croque-mort.

– Un zombie ? intervint Carl.

Carl était un des élèves les plus discrets. Un grand maigre tout timide. Vlad était toujours surpris d'entendre sa voix.

Mr Otis pointa Carl de ses longs doigts.

– Voilà. J'ai apporté ce costume pour vous inspirer dans le projet sur la mythologie de cette semaine. Un sujet à croquer.

Il conclut en adressant un clin d'œil à Stephanie et tira de son sac une gigantesque pile de feuilles.

– Cette semaine, nous étudierons les mythes et légendes autour des zombies. Puisque vous aviez visiblement apprécié mon costume de licorne la fois dernière et celui de gargouille la fois précédente, je me suis dit que je choisirais pour aujourd'hui quelque chose de moins flagrant.

Les copies distribuées, Mr Otis retourna se percher au coin de son bureau, avec un fier sourire sur son visage. Il s'attendait de toute évidence à des élans d'admiration et de curiosité. Son sourire disparut face à cette assemblée dépitée. La classe tout entière gémit. Même Vlad, qui trouvait pourtant ces sujets fascinants, s'affala sur sa chaise. De nouveaux projets s'annonçaient toujours intéressants mais on finissait souvent avec des professeurs aux idées loufoques. Vlad les comparait à des gousses d'ail : fascinantes de loin mais écœurantes de près, et si l'on n'y prend pas garde, rapidement mortelles. Il n'en était pas moins désolé pour Mr Otis qui, comme de nombreux remplaçants, essayait de son mieux de faire bonne impression.

Vlad leva la main.

– Qu'est-ce qu'on doit faire pour le projet ?

– Je vous remercie de me poser la question. Comme je vous l'ai dit lors de notre premier cours, nous étudierons chaque semaine le folklore et l'histoire relatifs à différents êtres surnaturels. À la fin, vous rendrez tous une composition de mille mots sur un de nos sujets d'étude et préparerez une présentation orale sur ce que vous aurez appris.

Mr Otis bondit vers le tableau et griffonna une liste de mots légèrement tordus. Il se remit face à la classe et hocha la tête en voyant la curiosité sur le visage de ses élèves. Il plongea la main dans son sac, en sortit une poignée de petits morceaux de papier repliés et les plaça dans son chapeau.

– Ce ne seront pas des compositions ordinaires. Je veux que vous les écriviez comme si vous étiez à la place de la créature que vous aurez piochée. Racontez-moi vos émotions, vos forces, vos faiblesses et toute aptitude particulière que vous aurez. Définissez ce qui fait de vous une sorcière, un loup-garou, un vampire et ainsi de suite. Montrez-moi votre vraie nature.

Vlad glissa encore davantage sur sa chaise. Cacher sa vraie nature était une tâche quotidienne et il ne souhaitait certainement pas l'exposer devant toute la classe : les gens paniqueraient, Meredith le pointerait du doigt, et il ne pouvait imaginer la réaction du principal Snelgrove en apprenant son secret. Mr Otis commença sa tournée à travers la pièce, s'arrêtant à chaque table pour tendre son chapeau. Vlad croisait les doigts en priant pour que les probabilités mathématiques tournent en sa faveur et qu'il pioche « centaure » ou « zombie ». Tout sauf sa vraie nature.

Devant lui, Chelsea Whitaker fit la moue en découvrant son sujet. Elle leva un sourcil vers Mr Otis qui sourit à moitié et tendit le chapeau à Vlad. Ce dernier y plongea la main et sortit un bout de papier.

Le morceau dans la paume, Vlad inspira profondément puis ouvrit les doigts.

« Loup-garou. »

Vlad lâcha involontairement un immense soupir. Sur le coup, il ne pouvait imaginer un mot plus beau et ne put s'empêcher de le relire : « loup-garou ».

Otis serra brusquement le poing. Alors que les muscles de Vlad se détendaient, les lettres se mirent à trembler sur le petit rectangle. Vlad crut d'abord halluciner. Il referma les paupières ; lorsqu'il les rouvrit, les lettres se déplaçaient d'elles-mêmes sur le papier. Certaines lignes s'entremêlaient et créaient de nouvelles lettres.

Vlad resta bouche bée lorsqu'elles s'arrêtèrent d'un coup comme des soldats. Vlad lut le nouveau mot.

– « Vampire » ?

Mr Otis relâcha son poing et se pencha sur Vlad. Son sourire, qui devant la classe semblait bienfaisant, de près paraissait vil, malfaisant.

– Un choix avisé, Vladimir. Je suis impatient de lire votre vision des vampires.

Comme s'ils partageaient un secret, Mr Otis se tapota la tempe avec l'index et le pointa sur Vlad, qui se pencha soudainement sur le bout de papier et relut le mot. « Vampire. » Il était là, sous ses yeux. Est-ce qu'il avait mal lu la première fois ? Impossible. On ne pouvait pas confondre « loup-garou » et « vampire ». Et ces lettres qui bougeaient, les avait-il imaginées ? Tante Nelly aurait dit qu'il subissait beaucoup de stress en ce moment, que son esprit lui jouait des tours, que des lettres ne se déplaçaient pas toutes seules. Elle aurait certainement eu raison mais l'épisode tout entier, qu'il fût imaginaire ou bien réel, le faisait flipper.

La matinée laissa rapidement place à l'après-midi et Vlad entra dans la cafétéria, retrouvant Henry assis à leur table.

Il se mit en face de son ami et sortit le sandwich de son sac en papier marron. Il mordit dans le pain et une des capsules éclata, couvrant son palais d'une douceur écarlate. Il termina son repas, jeta son sac vide et le film plastique trempé et taché dans la poubelle, et laissa échapper un énorme rot.

– Désolé.

Henry rigola et lui offrit un gâteau, que Vlad fourra immédiatement dans sa bouche. Henry lui demanda alors :

– Quand vas-tu inviter Meredith au bal d'hiver ? C'est bientôt, tu sais. Dans trois jours !

Le principal Snelgrove marcha derrière Henry et ralentit, posant au passage son regard sur Vlad.

Ce dernier haussa les épaules.

– Je ne suis pas sûr d'y aller.

– Pourquoi pas ? Tu en pinces pour elle depuis le primaire. En plus, si une fille comme Meredith est encore libre à quelques jours du bal, tu peux être sûr qu'elle attend que quelqu'un en particulier l'invite.

Au loin avec ses copines, elle rougissait en regardant Henry. Vlad haussa à nouveau les épaules.

– Je préfère avoir le béguin pour elle que le cœur brisé. En plus, je crois qu'elle en pince pour quelqu'un d'autre.

Henry plissa les yeux.

– Comme qui ? Tu te cherches encore des excuses. Tu n'as qu'à lui demander, Vlad. Ce n'est qu'une fille. Au pire, elle dira non.

Non, le pire, c'était qu'elle se mette à rire. Elle pourrait raconter à ses copines comment ce garçon tout pâle et pathétique lui avait demandé de sortir avec elle et cela pourrait remonter jusqu'à Bill et Tom : ils auraient encore plus d'armes contre lui. Plutôt mourir.

Ou même, plutôt aller seul au bal.

***

Après la dernière sonnerie, Mr Otis se détendait sur sa chaise, les pieds sur son bureau, quand Vlad l'approcha. Le professeur affichait un très léger sourire.

– L'infâme Vladimir Tod. Que puis-je faire pour vous ?

Vlad ne se souvenait pas s'être montré infâme mais il acquiesça et sortit le morceau de papier.

– J'aimerais piocher à nouveau, si ça ne vous ennuie pas.

Mr Otis se redressa et fit claquer sa langue.

– Ce ne serait pas juste vis-à-vis de vos camarades.

Vlad se fichait pas mal de ce qui était juste. L'idée de révéler les détails de sa véritable identité le rongeait de l'intérieur et il aurait préféré réutiliser devant la classe les stéréotypes sur les vampires, tous ces mensonges rabachés si souvent. Vlad haussa doucement les épaules : il n'avait malheureusement aucun argument, hormis la vérité.

– J'aimerais vraiment piocher à nouveau, si vous êtes d'accord.

Mr Otis prit la pose, la main sur le bord de son chapeau. Puis d'un signe de tête approbateur, il le tendit à Vlad, qui y plongea la main.

Le garçon scruta son nouveau papier, curieux de voir si les lettres allaient encore se déplacer. Il le déplia et leva un sourcil.

« Vampire. »

Mr Otis vida son chapeau dans son sac et le mit sur sa tête.

– Le destin peut être cruel, monsieur Tod. Je veux voir votre composition sur mon bureau dans six semaines. Vous ferez votre présentation le même vendredi après-midi.

Vlad était pétrifié. Il n'y échapperait pas. Mais pourquoi Mr Otis tenait-il autant à ce que Vlad traite le seul sujet qu'il voulait éviter ?

La réponse était simple.

Parce que les professeurs, peu importe leur gentillesse ou leur sympathie, sont des sadiques dans l'âme.

Vlad jeta son sac à dos par-dessus son épaule et prit la porte sans même un regard vers Mr Otis. Il repensa à Mr Craig et espérait que son professeur allait bien, où qu'il soit. Et qu'il reviendrait vite.

***

– Ça ne peut pas être si terrible, s'exclama Nelly en souriant. Tu devrais sans doute y réfléchir encore.

– Tu ne comprends pas. Le papier disait clairement « loup-garou ». J'en suis certain.

Nelly pinça les lèvres, inquiète. Après un long silence, elle répondit :

– Je crois que tu subis beaucoup de stress en ce moment. Les mots ne se réécrivent pas d'eux-mêmes, Vladimir. C'est tout bonnement impossible.

Vlad n'avait aucune envie de s'énerver et voulait à tout prix éviter que Nelly ne le prenne pour un fou. Il força un sourire et ouvrit son cahier.

– Tu dois avoir raison.

– Ce projet n'est pas si mal, mon Vladimir chéri. Tu as enfin la chance de partager tes secrets sans risquer d'être pointé du doigt. Et puis, qui sait ? Ce sera peut-être marrant de deviner tes futurs pouvoirs. Tu pourras aussi ajouter un ou deux clichés pour rigoler.

Elle but sa dernière goutte de thé et se mit à bâiller.

– Je vais aller dormir. Ne te couche pas trop tard, mon chéri.

– Non, non. Mais il y a *Nosferatu* à la télé. Je vais sans doute regarder ça ce soir.

Sans raison apparente, plus un film de vampire était vieux et niais et plus il lui remontait le moral. *Nosferatu* était son préféré ; le monstre chauve aux oreilles pointues l'avait plus d'une fois rendu hystérique. Nelly trouvait ces films idiots et insultants mais ne s'opposait pas aux choix de Vlad.

– Termine d'abord tes devoirs. Et puis, tu ne dors pas suffisamment.

– Tante Nelly !

– Je sais, je sais. À demain matin.

Puis elle disparut en haut de l'escalier.

Vlad s'empara d'un stylo et parcourut la fiche d'instructions distribuée par Mr Otis, qui récapitulait ce qu'il avait dit en classe. Vlad inspira profondément et se pencha sur sa feuille blanche, déterminé à se débarrasser de cette tâche et à ne pas traîner ce poids pendant les six prochaines semaines de sa vie.

Vlad posa la pointe sur le papier et commença à écrire.

Je m'appelle Vladimir Tod et je suis un vampire.

Il se redressa un moment pour se relire. Confesser sa vraie nature n'avait pas été si difficile que ça ; Vlad resserra sa prise sur le stylo et reprit sa rédaction. Il s'attaqua aux détails de ses pouvoirs, la suspension et la télépathie, en expliquant leur origine. Il rit en inventant pourquoi les vampires n'ont pas de reflet dans le miroir et n'apparaissent pas sur les photos. C'était absolument ridicule puisque Vlad n'avait jamais connu un seul de ces problèmes. Après un paragraphe disant qu'il était idiot de croire qu'un être peut vivre éternellement, il s'arrêta une nouvelle fois et ajouta une ultime phrase :

Je ne suis pas un monstre, je suis simplement moi.

Les mille mots lui étaient venus beaucoup plus facilement qu'il ne le craignait.

Il relut sa copie et résista à l'envie d'en effacer pratiquement chaque mot. La présentation orale allait être l'expérience la plus horrible de sa vie.

Après des poignées entières de chips et une poche de sang, Vlad s'affala sur le canapé et s'immergea dans l'univers du comte Orlock, la créature connue au cinéma sous le nom de Nosferatu. Il en arrivait juste au moment où le comte Orlock voyageait sur un radeau lorsqu'il se mit à imaginer la vie de Mr Craig en dehors de Bathory.

Les rumeurs qui couraient dans l'école reprenaient les suppositions de la police et des médias. Quelqu'un était responsable de la disparition du professeur tant apprécié mais personne ne savait qui cela pouvait être. Il n'y avait décidément rien d'inhabituel : la voiture de Mr Craig se trouvait toujours dans l'allée de sa maison, aucun objet n'avait été déplacé chez lui et son compte en banque était intact. Si Mr Craig s'était évaporé de son plein gré, cela voulait dire qu'il serait parti avec les seuls vêtements qu'il portait. Il n'aurait pas pu aller bien loin de la petite banlieue de Bathory.

Connaissant déjà la fin du film, Vlad éteignit la télévision et monta à l'étage sur la pointe des pieds.

Amemet, la chatte noire, touffue et pratiquement obèse de Nelly, se frotta contre les jambes de Vlad, qui caressa son pelage doux. En retour, elle courba le dos. Nelly avait baptisé Amemet d'après une déesse égyptienne qui aurait gardé l'entrée de l'au-delà. Cette divinité avait de magnifiques cheveux et vivait pratiquement dans les arbres. Cela correspondait parfaitement à l'animal de Nelly, puisque, à plusieurs reprises, Vlad avait retrouvé à son retour de l'école le corps grassouillet d'Amemet confortablement installé dans le creux le plus bas du vieux chêne derrière la maison. Il restait dubitatif quant à la façon dont elle avait pu se hisser jusque-là.

Après un bref passage dans sa chambre pour prendre sa veste et un des nombreux albums de photos, il sortit des bougies d'un tiroir de la bibliothèque et les mit dans sa poche. Amemet s'appuya contre sa cheville avec la tête, réclamant à nouveau des caresses. Vlad se baissa et la gratta derrière les oreilles. Elle ronronna. Il descendit alors l'escalier, s'efforçant de ne pas faire de bruit, et s'échappa par la porte d'entrée dans la fraîcheur de la nuit.

En sortant sur le porche, Vlad fut accueilli par le chant des grillons. Les rues étaient sombres et désertes. Il quitta le trottoir pour prendre les chemins de terre entre les maisons, formés au passage des enfants qui cherchaient le plus court chemin jusqu'à l'école. Il inspecta les lieux à chaque coin de rue, regardant dans toutes les directions. Il ne s'était encore jamais fait prendre à sortir après son couvre-feu mais un risque persistait toujours.

Il arriva aux abords du lycée et s'arrêta en entendant des rires. Ce n'était sans doute que quelques gothiques qui occupaient les marches à la nuit tombée. Vlad se faufila vers l'arrière de Bathory. Le bâtiment avait été construit dans les ruines consacrées d'une très grande et très vieille église. On savait qu'il avait été déserté au milieu du XIXᵉ siècle, après un terrifiant fait divers, mais les gens du coin s'étaient opposés à la démolition de cet édifice historique. Après quasiment un siècle, un riche homme d'affaires avait acheté la propriété pour y développer l'école préparatoire de Bathory. Vingt ans plus tard, l'établissement devint public. L'histoire de Bathory n'avait rien de plus intéressant à offrir.

Une fois derrière l'école, Vlad s'assura d'être seul puis ferma les yeux et fit léviter son corps. Ses pieds quittèrent le sol et il flotta jusqu'en haut du beffroi.

C'était une large tour carrée. Plusieurs ouvertures en arc décoraient ses murs, exposés aux éléments. Vlad marcha sur le sommet et baissa les yeux vers le groupe d'adolescents postés à l'entrée. Couverts de noir des pieds à la tête, ils n'étaient que des ombres au milieu des ombres. Vlad sourit. Il se glissa par une des fenêtres et sortit les bougies de sa poche. Des petits cercles de cire, des restes de ses visites antérieures, parsemaient le sol. Vlad plaça ses nouvelles bougies à terre et les alluma avec un briquet laissé sur un rebord, illuminant la pièce d'un faible éclat.

Cela faisait longtemps que les cloches avaient été retirées de la tour et son unique porte avait été scellée quand le bâtiment était devenu une école. Le seul moyen d'y pénétrer était de passer par les fenêtres, et le rez-de-chaussée se trouvait quatre étages plus bas. La vaste pièce était nue à l'exception des marques de cire, de différents livres interdits aussi bien à l'école qu'à la bibliothèque municipale et, au centre, d'une pile de briques rouges sur laquelle trônait une photo encadrée.

Vlad s'agenouilla et avança une bougie vers la photo.

– Bonjour, papa.

Tomas Tod lui souriait ; un instant de joie immortalisé.

Vlad inspecta son sanctuaire et soupira.

– Il faudrait que j'apporte une chaise.

Il posa l'album de photos au sol près de la bougie. La couverture, sur laquelle figurait un sceau familial, était en cuir vert. Vlad ouvrit la première page et sourit à sa mère, Mellina. Jeune et belle, elle se tenait près d'une vieille voiture. Ses yeux pétillaient. Sur le capot, on découvrait une version plus jeune de Nelly, affichant une immense joie. Vlad tourna la page.

Il vit des photos du mariage de ses parents, de leurs fêtes d'Halloween si prisées et de leurs lèvres scellées entre époux comblés. Il passa son doigt sur un cliché de Tomas accroupi face au ventre rond de Mellina qu'il tenait entre ses mains. Le sourire de Vlad s'effaça légèrement et il referma l'album.

C'était tout ce qu'il lui restait de sa famille : des photos et des souvenirs.

Vlad s'étendit sur le sol poussiéreux. La lune brillait à travers les fenêtres, peignant les zones les plus sombres de la pièce d'une lueur bleu pâle. La flamme de la bougie vacillait ; alors qu'une larme apparaissait au coin de son œil, la lumière s'éteignit. Vlad resta dans l'obscurité et ne trouva qu'un seul moyen pour évacuer sa douleur : il pleura.

Au bout d'un certain temps, il finit par s'endormir.

Vlad se frotta les yeux, se leva et monta sur une des fenêtres, abandonnant l'album photo avec ses autres trésors. La ville était toujours plongée dans le noir. Vlad regarda en bas, espérant apercevoir une nouvelle fois ses compagnons de la nuit mais les gothiques étaient partis.

Il était seul.

Tandis qu'il flottait vers le sol, Vlad se retourna vers le haut du beffroi. C'était le point culminant de Bathory et, chaque fois qu'il y allait, il se disait qu'il ne pourrait jamais trouver une autre échappatoire à cette petite province. Il fusa entre les maisons et s'immobilisa en apercevant la sienne.

Mr Craig habitait deux rues plus loin, juste derrière la maison de Henry. Il se faufila entre les constructions et sourit à la vue du petit bungalow de son professeur. Le réverbère au coin de la rue éclairait doucement le porche, un halo de lumière chaleureux dans les ténèbres de la nuit. Vlad monta les marches et appuya sur la sonnette. Si enfantin que cela pût paraître, il s'attendait, voire espérait, que Mr Craig lui ouvre et le sermonne : c'est malpoli de rendre visite aux gens au beau milieu de la nuit ! Mais personne ne répondit.

Vlad tira la porte moustiquaire grinçante. Il frappa bruyamment à la porte principale et celle-ci s'ouvrit de l'intérieur. Vlad jeta un coup d'œil par-dessus son épaule dans la rue silencieuse. Puis il entra et ferma derrière lui. D'après Henry, la police était déjà venue un milliard de fois ; elle avait pu passer à côté de quelque chose, c'était sûr, ou l'on aurait déjà retrouvé Mr Craig. Et pourquoi la porte n'était-elle pas fermée à clé ? Les flics de Bathory étaient des abrutis finis, d'accord, mais est-ce qu'ils ne savaient même pas fermer une éventuelle scène de crime ?

Derrière la porte se trouvait un portemanteau en acajou, où reposaient la veste et l'écharpe de Mr Craig. Un parapluie pendait à l'un des crochets. Vlad s'avança dans le couloir à pas lents mais assurés. La maison sentait le vieux, comme si le ménage n'avait pas été fait depuis une éternité. Il s'attendait presque à trouver des toiles d'araignées.

Les chaussures de Vlad se déplacèrent sans bruit sur le parquet nu vers la cuisine au bout du couloir. Il referma la porte d'un placard laissé ouvert qui lui barrait le chemin. La peinture d'une femme rousse tenant une épée sur sa poitrine décorait le mur en face de lui. Elle gardait les yeux clos, comme endormie. Cela n'avait aucun sens puisqu'elle était la proie des flammes.

Est-ce que ce pouvait être Jeanne d'Arc, l'héroïne dont Mr Craig avait parlé ?

Quelque chose bougea devant lui.

Quelque chose ou quelqu'un ? En tout cas, une ombre était passée dans la cuisine.

Ravalant sa peur, Vlad fit un pas en direction de la porte.

– Il y a quelqu'un ?

Il entendit un bruissement, puis des coups de feu. « Bang ! Bang ! » Vlad se recroquevilla, couvrant sa tête avec ses bras, comme si la seule chair pourrait contrer les balles. « Bang ! Bang ! » S'exposant à un tir dans la tête, Vlad baissa les bras et tenta de voir plus clairement son assaillant. Il n'y avait personne dans le couloir, personne derrière lui, armé ou non. « Bang ! Bang ! »

Vlad leva les yeux au ciel et se redressa. Il pénétra dans la cuisine et referma la porte de derrière de la maison : sauvé.

Quel geste héroïque !

Après une fouille approfondie du salon, de la salle à manger et de la cuisine, Vlad décida de poursuivre son exploration à l'étage. Jusqu'à présent, il n'y avait rien de suspect, mais Vlad refusait de croire que Mr Craig ait pu disparaître sans lui laisser un mot. Ils avaient plus qu'un simple rapport prof-élève ; ils étaient amis. Vlad fit demi-tour et retraversa le couloir jusqu'à l'escalier de l'entrée. Dans le noir, le portemanteau ressemblait à un squelette.

Soudain, Vlad se figea.

Sur l'un des crochets pendait un chapeau haut de forme usé en soie violette.

Il le décrocha et regarda à l'intérieur. Les initiales « O. O. » y étaient brodées en fil noir brillant : Otis Otis. Il plissa le front, étonné et incrédule. Pourquoi Mr Otis avait-il menti sur ses rapports avec Mr Craig ? Vlad jeta un œil autour de lui, se demandant tout à coup s'il était bien seul dans la maison. Il était presque sûr que le chapeau n'était pas là à son arrivée.

Il le reposa délicatement tout en scrutant l'escalier. Mr Otis se trouvait-il dans la maison à cet instant même ? Nelly avait raison, Vlad ne connaissait pas cet homme, mais pouvait-il lui faire confiance ? Que faisait-il à circuler dans la maison de Mr Craig au beau milieu de la nuit ? Les yeux rivés sur les marches, il pensa qu'il ferait aussi bien de bondir à l'étage et d'exiger des explications.

Vlad fit un pas en avant et s'arrêta. Et si Mr Otis était impliqué dans la disparition de Mr Craig ? Et s'il était revenu sur les lieux du crime ?

La chose la plus noble à faire était de sortir de la maison et de se rendre immédiatement au commissariat de police pour raconter ce qu'il savait.

Mais que savait-il au juste ?

Seulement qu'il avait trouvé un chapeau ressemblant étrangement à celui de Mr Otis quand il était allé fouiner dans la maison de Mr Craig. Avec si peu, cet idiot d'officier Thompson ne conclurait rien du tout. En plus, Vlad aurait de sérieux ennuis à cause de son couvre-feu... sans parler de son entrée par effraction.

La meilleure chose à faire, c'était de passer les prochaines semaines à observer son nouveau professeur et attendre de voir si ses craintes finiraient par partir.

Il sortit en refermant la porte derrière lui. Il se prit les pieds dans le paillasson et trébucha. Énervé, il y mit un coup de pied. Il aperçut alors un étrange symbole gravé dans le parquet du porche.

Trois lignes en biais barraient le sol, encadrées par deux demi-cercles.

7

L'HEURE DU REPAS

Kate Donahue retira les mèches de cheveux de son visage suant, tandis que ses pieds battaient le pavé à mesure régulière. Finissant son troisième tour sur la piste qui délimitait le parc de Bathory, elle regarda sa montre ; Robert lui en voudrait d'être partie courir à la nuit tombée.

Elle se mit à tourner autour d'un banc et repoussa à nouveau ses cheveux en ralentissant le pas. Elle porta les doigts à sa gorge et prit son pouls en silence.

« Un... deux... trois... »

Hormis Kate, le parc était désert. Des lampadaires projetaient çà et là de vastes points de lumière sur le terrain luxuriant. Kate inspirait par le nez et expirait par la bouche, formant de légers nuages de vapeur.

« Huit... neuf... dix... »

Elle essuya la sueur de ses yeux avec le revers de la main. En baissant le bras, elle vit un homme vêtu de noir qui se tenait sous l'éclairage le plus proche. Son cœur s'affola et elle voulut se gifler : les élans de panique de Robert étaient contagieux.

« Treize... quatorze... quinze... »

Elle ralentit encore et commença à s'étirer les mollets. Ses muscles brûlaient d'une chaleur agréable. Elle but une gorgée de sa bouteille d'eau et jeta un œil à l'inconnu, qui n'avait pas changé de posture ni d'expression mais qui semblait s'être rapproché de quelques mètres.

Kate but une nouvelle gorgée et rangea sa bouteille dans son sac à dos puis repartit en direction du parking, après un regard vers l'homme en noir. Robert avait peut-être raison : même un coin paumé comme Bathory pouvait être dangereux. Elle passait sous un autre jet de lumière quand sa bouteille tomba et s'ouvrit au contact du sol. En soupirant, Kate se pencha et la remit dans son sac.

– Excusez-moi, madame.

Murmurant un gros mot, Kate leva la tête et sourit aussi gentiment qu'elle put.

– Oui ?

En un éclair, une peau blanche, lisse et parfaite, lui passa devant les yeux et l'homme la saisit par la gorge. Il la traîna hors de la lumière, vers les bosquets tout proches. Kate tapait du pied, essayait de hurler, mais ne trouvait pas le souffle pour appeler au secours. Elle planta ses talons dans l'herbe, en vain. Il continua de la tirer sans difficulté et la projeta contre le tronc d'un grand érable. Ses doigts restaient enfoncés dans le cou de la jeune femme mais il relâcha suffisamment sa prise pour qu'elle puisse respirer.

– Qu'est-ce que vous me voulez ? Je ferai tout ce que vous voudrez ! S'il vous plaît, ne me faites pas de mal !

Ses mots étaient presque incompréhensibles.

L'homme ouvrit grand la bouche, dévoilant une paire de longs crocs blancs étincelants. Kate hurla de plus belle.

Il la coinça contre l'arbre. Elle avait beau se débattre, il n'eut aucun mal à lui planter ses canines dans son cou lisse et lui suça le sang.

Le cœur de Kate, qui résonnait dans ses oreilles, ralentit. Elle se sentit glisser le long du tronc pendant que ses forces l'abandonnaient. Ses joues étaient couvertes de larmes.

– Pourquoi vous faites ça ?

L'homme se recula en ricanant.

– Par plaisir. Et parce que, comme tout être vivant, je dois me nourrir.

Kate tomba au sol et s'efforça de soulever le poids de sa tête pour voir son agresseur. Elle ne pourrait pas s'enfuir. Elle réussissait à peine à parler mais il lui fallait gagner du temps jusqu'à ce qu'on lui vienne en aide.

– Je vous en supplie, ne me tuez pas. Je vous donnerai n'importe quoi.

L'homme en noir se figea et jeta un œil par-dessus son épaule, pour s'assurer qu'il n'y avait pas de témoin.

– Vous n'avez rien à m'offrir, sauf votre sang.

Il s'accroupit, lui poussa la tête de côté, examina ses plaies avec une fascination d'enfant avant de se pencher davantage et de terminer son repas.

– Je peux vous donner de l'argent. Prenez ma voiture.

– À moins que vous ne puissiez me conduire au fils Tod, vous n'avez rien à m'offrir.

– Vladimir Tod ?

L'homme s'immobilisa.

– Je connais sa tante. Je la croise tous les mardis au supermarché.

– Et le garçon ? Où est-ce qu'il habite ?

– Avec elle, je crois.

Kate déglutit ; elle sentait le goût du sang dans sa gorge.

– Est-ce que vous allez me laisser partir ?

– Non, j'ai encore faim.

Plus vite qu'un battement de cœur, l'homme plaqua sa bouche sur ses plaies ouvertes. Il but jusqu'à ce que le ciel prenne une teinte bleutée. Alors qu'il repartait, Kate vit ses chaussures faire deux pas sur les feuilles mortes avant de trépasser.

8

LE LIVRE

Mr Otis se tenait devant la classe avec un chapeau noir et pointu dressé sur la tête.

– Tout le monde connaît les sorcières, n'est-ce pas ? Je suis sûr que vous avez déjà lu des contes sur elles. *Hansel et Gretel*, *Blanche-Neige*, *Le Magicien d'Oz*, tous ces récits comportent des sorcières. La tête verte, des verrues sur le nez, des chats noirs pour animaux de compagnie. En général, des vieilles dames pas vraiment sympathiques, pas la grand-mère idéale en somme.

« Ces dernières années, les sorcières jouissent d'une bien meilleure image grâce à une célèbre série de livres dont l'histoire se déroule dans une école de magie. Elles n'offrent plus des pommes empoisonnées et ne sont plus obsédées par les chaussures criardes. L'ensemble de notre discussion portera...

Mr Otis s'interrompit, le bras en l'air devant le tableau noir, avec une craie dans la main.

– Oui, Meredith ?

Elle semblait particulièrement féminine aujourd'hui. Vlad le remarqua avec un soupir mélancolique. Elle avait ramené ses cheveux en queue-de-cheval, maintenue par un ruban rose pastel éclatant assorti à sa robe. Elle baissa la main et entrouvrit les lèvres, qui luisaient d'un baume rose.

– Désolée, Mr Otis, mais vous vous trompez sur les sorcières.

Mr Otis reposa sa craie. Il semblait plus curieux qu'énervé par cette interruption. Quand il sourit, Vlad sentit qu'il était sincère.

– C'est-à-dire ?

Meredith écarta une mèche brune de sa joue.

– Mon amie Catherine et sa famille pratiquent la sorcellerie. Il n'y a rien de mythologique à ça.

Le regard de Mr Otis alternait entre Meredith et le tableau. Il se pinça la joue entre le pouce et l'index, observa la classe une seconde et commenta :

– En effet, vous avez parfaitement raison.

Il se mit alors à sourire.

– Cependant, il existe un fossé immense entre la véritable sorcellerie et celle que les frères Grimm voudraient nous faire avaler. Aujourd'hui, nous nous concentrerons sur la dimension mythologique du sujet. En réalité, je crois que toutes les créatures que nous étudions ont existé ou existent toujours, sous une forme ou une autre.

Sylvia Snert ne se donna pas la peine de lever la main :

– Vous pensez que les loups-garous existent ?

– Pour dire vrai, mademoiselle Snert, je sais qu'ils existent. On appelle lycanthropie l'état psychologique dans lequel se trouve un homme persuadé d'être un loup. On a beaucoup écrit à ce sujet et l'on continue encore aujourd'hui. Et au Mexique, on a détecté chez une famille tout entière une mutation génétique rare qui engendre la pousse d'une fourrure sur tout le corps. Cela s'appelle la « maladie du loup-garou ».

– Et les vampires ? grommela Sylvia. Ça existe aussi ?

Mr Otis ferma les yeux un instant ; il prit alors un ton irrité :

– Évidemment. Prenez ce cher Mr Tod, par exemple.

Vlad eut le souffle coupé. Tous les regards se tournèrent vers lui. Il aurait voulu disparaître.

– Il porte le prénom du plus grand vampire de tous les temps : Vlad Tepes, aussi connu sous le nom de Vlad l'Empaleur. Un prince roumain connu pour dîner de ses ennemis après les avoir torturés et boire leur sang avec son repas, comme un bon vin rouge. C'était un homme fourbe, vicieux et cruel.

Mr Otis ouvrit un livre sur son bureau et scruta durement Sylvia.

– Mais l'avènement de Vlad arrivera en temps voulu. Pour l'heure, nous parlons des sorcières.

Vlad se détendit. Il sourit à Sylvia qui le dévisageait. C'était plutôt sympa de partager le nom d'une célébrité, bien qu'elle soit célèbre pour ses massacres.

Le reste de la journée passa en un éclair. Quand la dernière sonnerie retentit, Vlad fourra ses manuels dans son sac à dos, qu'il jeta sur son épaule, et se précipita vers la porte. S'il se dépêchait, il pourrait partir avant que Bill et Tom ne remarquent son départ. Malgré l'épisode avec Tom quelque temps auparavant, leurs sales coups avaient continué, pour ne pas dire empiré. Vlad ne comptait plus le nombre de fois qu'ils lui avaient fait tomber ses affaires des mains ou mis son sac à dos sur le mât du drapeau à l'entrée de l'école. Ces incidents à répétition ne le dérangeaient plus.

Mr Otis, à son bureau avec un stylo en main, assis devant des papiers couverts de ses gribouillis si caractéristiques, l'interpella :

– Pourrions-nous discuter un moment, Vlad ?

Ce dernier hésita ; Mr Otis l'avait-il aperçu chez Mr Craig l'autre soir ? Il n'avait rien remarqué de suspect dans le comportement de son professeur mais gardait malgré tout un œil sur lui. Vlad posa son sac à terre, se demandant si Bill et Tom l'attendraient à la sortie. Ils l'avaient déjà fait et recommenceraient certainement mais Vlad ne pouvait pas se permettre de fuir quand son professeur lui disait de rester.

– Est-ce qu'il y a un problème ?

– Non, non, tout va bien. Je souhaitais simplement vous soumettre une question personnelle.

– Ah bon ? répliqua Vlad, surpris.

Soudain, il comprit.

Peut-être Mr Otis allait-il avouer qu'il connaissait Mr Craig, qu'il savait quelque chose au sujet de sa disparition ou, pire, qu'il était impliqué. L'imagination de Vlad se déchaîna ; il vit soudain des scènes d'enlèvement et de meurtre terriblement excitantes. Certaines images assez crues lui retournèrent l'estomac. Il cligna fort des paupières, reprenant ainsi le contrôle de son imagination débordante.

Mr Otis se tourna sur son siège, visiblement gêné par le sujet personnel qu'il comptait aborder.

– J'ai croisé votre tante hier au marché. Elle a évoqué la possibilité que je me joigne à vous pour dîner un de ces soirs, mais je lui ai répondu que je préférais vous en parler avant. Est-ce que cela vous mettrait mal à l'aise ?

Évidemment que cela le mettrait mal à l'aise. Il en vomirait presque : en fin de compte, sa tante avait proposé un rendez-vous à son professeur. Cependant, ce serait l'occasion rêvée de faire cracher le morceau à Mr Otis sur la présence de son haut-de-forme chez Mr Craig. Vlad ramassa son sac.

– Ça ne me dérange pas mais je dois vous prévenir... elle cuisine très mal.

Les deux se sourirent.

– Maintenant, je dois y aller, Henry m'attend.

Il se retourna et prit la porte, priant pour que Henry l'attende bien, ou du moins que Bill et Tom ne se montrent pas à sa place.

***

Vlad se retourna et jura contre son réveil posé sur la table de nuit. Il était presque deux heures du matin et il n'arrivait toujours pas à dormir.

Il prit le grand livre trouvé des semaines plus tôt dans le grenier et s'avança vers la porte.

Le volume, fermé par deux imposantes boucles sur le devant, était très épais ; la couverture en cuir paraissait vieille et était chaude au toucher. Vlad, pensif, passa les doigts sur les fermoirs et se demanda, une fois de plus, ce que contenaient ces pages. Une latte de parquet sous ses pieds le trahit et craqua bruyamment. Il posa l'oreille contre la porte pour écouter : rien. Il ouvrit la porte grinçante et s'introduisit dans la bibliothèque sombre. Personne, hormis Amemet qui dormait.

La chatte s'était recroquevillée sur le fauteuil en cuir dans un coin de la pièce. Elle leva la tête, cligna des yeux et miaula de surprise.

– C'est moi, Amemet.

Vlad ouvrit aussi discrètement que possible le tiroir des bougies.

– Qu'est-ce que tu fais debout à cette heure ?

La voix de Nelly le fit sursauter, et il faillit lâcher le mystérieux volume sur ses pieds. Il lui sourit, ennuyé.

– Je n'arrivais pas à dormir. Et toi ?

– Moi non plus. Tu veux du thé ?

En disant « thé », elle voulait évidemment parler de sang réchauffé mais Nelly souhaitait, de façon naturelle, qu'il se sente parfaitement normal. Non pas qu'être un vampire était bizarre, ou même anormal mais, par moments, quand il se mettait de la crème solaire le matin ou quand Henry parlait des lasagnes incroyables de sa mère, Vlad devenait un peu jaloux des humains. Leur vie était si simple. Pour sa part, il devait s'inquiéter de voir ses crocs ressortir au pire moment, s'abstenir de manger de l'ail sous peine de mourir prématurément et se forcer à rester éveillé toute la journée alors qu'il était biologiquement programmé pour vivre la nuit. Ça oui, contrairement à Vlad, les humains avaient la vie facile.

Il suivit Nelly jusqu'à la cuisine, où elle mit de l'eau à chauffer et plaça une tasse de sang dans le micro-ondes. Vlad y plongea ensuite un cookie. Le mélange du chocolat et du sang dans sa bouche était exquis.

Nelly fit infuser son thé dans l'eau fumante de sa propre tasse. Elle passa le doigt avec curiosité sur le symbole inscrit sur la couverture du livre.

— Qu'est-ce que tu lis ? Je ne me souviens pas de ce volume. Tu l'as trouvé ici ?

— Dans le grenier. Mais impossible de le lire.

Il désigna les fermoirs avec son cookie, encore teinté du sang rouge de son « thé ».

– C'est fermé, et je ne sais absolument pas comment l'ouvrir.

– Je parie que cela appartenait à ton père. Tomas rassemblait toujours des vieux bouquins étranges.

– Je n'ai vu que celui-là là-haut.

Nelly ne l'écoutait pas, trop occupée à fouiller dans un tiroir, se parlant toute seule comme à son habitude lorsqu'elle cherchait quelque chose. D'un cri triomphant, elle se retourna face à Vlad et posa un jeu de clés sur la table.

– Tes parents m'avaient donné une copie de toutes leurs clés au cas où ils en oublient une. Je suis sûre que tu trouveras celle qu'il te faut.

Vlad finit son thé, goba deux cookies, saisit le livre et le trousseau puis remonta à sa chambre, où il se jeta sur le lit. Le jeu comportait une bonne douzaine de clés mais Vlad put en éliminer plusieurs qu'il reconnaissait : celle de la maison, celle du garage et celle de la boîte où sa mère avait conservé de la paperasse. Il ne restait plus que dix clés. Vlad essaya la première : rien. Il les prit une par une jusqu'à ce qu'il ne reste que la dernière.

Elle était plus longue que les autres et son extrémité dessinait le visage d'une femme. Du moins, c'était ce que Vlad croyait. Elle avait des joues rondes, des lèvres fines, et portait une couronne sur la tête. Il posa alors le bout de la clé sur le fermoir.

Elle était trop grande.

Jurant à voix basse, Vlad, énervé, jeta les clés sur son lit et se passa la main dans les cheveux. Il ramena le livre à lui et glissa un doigt sur la forme gravée sur la couverture. Le glyphe se mit à scintiller et Vlad retira sa main, effrayé.

Le symbole s'éteignit.

Vlad regarda sa main puis le livre et, le sourcil relevé, posa pleinement la paume sur le glyphe, qui brilla d'un coup. Il essaya de retirer sa main mais elle semblait collée. Il tira encore une fois sur son bras en grimaçant. Sa main ne bougea pas. Il entendit les fermoirs cliqueter puis la lumière s'estompa et le libéra. Vlad n'était plus sûr de vouloir regarder à l'intérieur quand l'extérieur était aussi bizarre.

Écartant les sangles de la couverture, il découvrit sur la première page une ligne de symboles étranges. Il feuilleta l'ensemble de l'ouvrage : certaines pages montraient des dessins d'armes et d'autels et les autres comportaient des paragraphes entiers écrits dans une langue de symboles impossibles à déchiffrer. Vlad s'allongea en soupirant.

Le livre glissa du lit et fit un grand vacarme en tombant sur le sol. Il tendit le bras pour le ramasser et s'arrêta avec intérêt sur la page qui s'était ouverte.

Des notes étaient inscrites dans la marge du bas et il reconnut immédiatement l'écriture de son père : « Regarde dans mon bureau. Tu trouveras les réponses sur tout ce que je cache. » Sous la note, son père avait ajouté : « À toi pour l'éternité. » Vlad retint ses larmes devant cette phrase qu'il connaissait bien. Aussi loin qu'il se souvenait, c'était la façon dont son père avait signé toutes les cartes d'anniversaire, toutes les lettres et maintenant les notes à son intention. Son père lui parlait depuis sa tombe.

Il relut encore et encore le mot et se recroquevilla sur le côté, repassant le doigt sur l'inscription. Ses paupières se fermèrent et Vlad tomba dans le sommeil le plus profond qu'il connût depuis trois ans.

9

DES CENDRES EN HIVER

On avait décoré le gymnase avec des centaines de ballons blancs et argent et suffisamment de serpentins pour recouvrir deux fois la surface de la Terre. Des étoiles en aluminium pendaient au plafond. Une grande banderole blanche tendue au-dessus de l'estrade du DJ annonçait en caractères bleus que les élèves étaient bien au bal d'hiver annuel de l'école de Bathory. Vlad se tenait appuyé contre le mur près du bol à punch, observant deux filles surexcitées qui rigolaient à sa gauche. Henry le frappa gentiment sur le bras.

— Tu pourrais au moins être sympa avec elle. D'accord, ce n'est pas Meredith mais c'est ta cavalière. En plus, elle est plutôt jolie.

Mais Vlad n'avait aucune envie d'être sympa avec Carrie Anderson. Il voulait être sympa avec Meredith, qu'il n'avait pas vue depuis les vacances. Elle était en train de rire à un commentaire certainement très intelligent de Tom Gaiber. Vlad se cogna contre le mur.

– J'aurais dû rester chez moi.

Carrie se pencha vers Kelly Anbrock et les deux filles recommencèrent à rigoler. Henry sourit à Kelly, qui se mit à rougir.

– Hé, Kelly, tu veux danser ?

– Bien sûr.

Ils allèrent donc sur la piste. Kelly enveloppa ses bras autour du cou de Henry et ils firent des cercles lents sur eux-mêmes. Au deuxième tour, Henry lança son regard vers Carrie.

Vlad scrutait Meredith, que Tom serrait un peu trop fort à son goût.

– Carrie..., commença Vlad.

– J'adorerais !

Carrie le tira jusqu'à la piste. Elle flanqua ses bras autour de lui et Vlad se rappela subitement ce que Henry lui avait dit lorsqu'il avait arrangé les couples pour la soirée : Carrie embrassait très bien.

Cependant, il ignorait comment Henry était au courant.

Vlad mit les mains sur les hanches de sa partenaire et ils se mirent à tourner légèrement. Il détestait danser et n'avait pas spécialement envie d'embrasser Carrie mais c'était toujours mieux que de venir seul. En plus, Carrie n'avait rien d'un monstre, avec ses yeux verts étincelants et ses boucles rousses. Henry avait raison : elle était plutôt jolie !

Tom rit si fort que tout le gymnase se retourna. Vlad, lui, regarda dans la même direction que Tom mais ne trouva rien de particulièrement drôle, si ce n'est les horribles fleurs en tissu que les organisateurs avaient collées contre le mur. C'était plus effrayant et ridicule qu'autre chose. Vlad se retourna à nouveau vers Tom et son cœur s'arrêta.

Tom avait le doigt rivé sur lui.

− Hé, le gothique, combien t'as payé Carrie pour qu'elle danse avec toi ?

Bill ricanait avec son copain. À la grande surprise de Vlad, Carrie rigola et s'éloigna. Quelques personnes autour de Tom et Bill se mirent à rire à retardement.

Meredith, elle, ne riait plus.

Vlad redressa les épaules et adressa un léger sourire à Tom.

− Pas un centime. Je lui ai simplement offert des billets pour ton prochain ballet.

La foule se tut. Les haut-parleurs du DJ crachaient de la musique : une basse grave résonnait dans la salle. Vlad regarda Henry, dont la mâchoire touchait pratiquement terre. Le visage de Tom était devenu violet et Vlad pouvait compter le nombre de veines qui lui sortaient du front.

Trois.

Sans doute le nombre de secondes qu'il restait à Vlad pour profiter de la vie avant que Tom ne l'attrape.

Mike Brennan brisa le silence. Il éclata de rire et s'éloigna de Tom pour donner à Vlad une tape dans le dos. Vlad sourit mais garda les yeux rivés sur Tom. C'était difficile pour lui de se réjouir quand on allait le défigurer.

Henry imita Mike et très vite, tout le monde dans la salle rit. Tout le monde sauf Tom, Bill et Meredith. Carrie se précipita dans les bras de Vlad et, de façon tout à fait inattendue, l'embrassa fougueusement sur la bouche. Derrière elle, Vlad observait Tom qui suppliait Meredith de rester. Ses prières tombèrent apparemment dans l'oreille d'un sourd car Meredith dégagea sa main et disparut.

Vlad se sépara de Carrie et fit deux pas vers la porte mais il était trop tard : Meredith était partie.

Vlad attendit le lendemain pour raconter à Henry son épisode avec le livre et expliquer ses théories sur la drôle de note laissée par son père.

– Et si on les avait tués, lui et maman, et que les réponses se trouvaient quelque part dans mon ancienne maison ?

Henry n'était visiblement pas enthousiasmé.

– Vlad, tes parents sont morts il y a trois ans. C'était un accident. Un horrible accident. Tu crois vraiment que ton père aurait eu l'idée de te laisser un message codé ? Il a dû écrire ça pour quelqu'un d'autre.

Assis sur le bord du lit de Vlad, il jetait un œil discret à la porte fermée.

Vlad passa le pouce sur le glyphe, qui scintilla.

– Je ne dis pas qu'on ne devrait pas y aller, reprit Henry. Qui sait ? On trouvera peut-être quelque chose. Mais les chances que ton père ait su qu'il allait mourir, que tu allais survivre et trouver ce bouquin... sont très minces.

Vlad posa la paume contre le glyphe. Les fermoirs cliquetèrent et s'ouvrirent.

– Je vais aller fouiller mon ancienne maison. Tu m'accompagnes ou pas ?

Henry le fixait, mal à l'aise.

– Wow... comment tu fais ça ?

– Fais quoi ?

– Tes yeux... Quand tu as touché le livre, ils ont changé de couleur. Ils sont... violets.

Vlad éclata de rire mais s'arrêta en voyant son ami apeuré.

– Sérieux ?

Henry acquiesça et Vlad porta le livre dans la salle de bains. Il posa les mains sur le glyphe et observa son reflet. Ses iris semblèrent onduler, comme la surface d'un étang quand on y jette une pierre. L'ondulation ralentit puis cessa ; les yeux de Vlad affichaient une couleur lavande.

– Wow !

Il faillit faire tomber le livre à terre.

Henry se tenait derrière lui. Il grimaça en voyant les yeux de Vlad changer une nouvelle fois de couleur.

– C'est flippant... Et dis-moi, tu n'avais pas promis à Nelly de rester loin de ton ancienne maison ?

– Je dois rompre ma promesse pour mon père. Il faut au moins que j'y jette un œil. Et s'il savait vraiment qu'il allait mourir ?

Vlad relut encore une fois le mot de son père et referma le livre. Il irait dans son ancienne demeure, avec ou sans Henry.

***

D'Ablo retira ses gants en cuir et les jeta sur le sol noirci de la chambre de Tomas.

– C'est impossible.

Il regarda tout autour de lui. La pièce sentait la cendre ; elle sentait la mort.

D'Ablo fit claquer sa langue et ferma les yeux.

– Où es-tu, Tomas ? Tu ne peux pas être mort.

En rouvrant les paupières, il remarqua une planche à côté du lit carbonisé. Il s'agenouilla et balaya la suie avec les doigts.

Le glyphe brilla d'un éclat bleu pâle.

Un sourire malsain apparut sur le visage de D'Ablo.

– Qu'est-ce que c'est que ça ?

Il appuya la paume contre le symbole, qui brilla de plus belle avant que la planche ne s'enfonce.

Dans le petit compartiment, il y avait des toiles d'araignées et la photo d'un garçon aux cheveux noirs. D'Ablo s'en empara, les sourcils froncés.

– Eh bien, Vladimir Tod, aucun signe du cher journal de ton père.

Il glissa le cliché dans sa poche et s'avança vers la fenêtre couverte de carton. Il allait bientôt faire jour ; il était temps de partir.

D'Ablo sortit discrètement de la maison. Son estomac lui rappela qu'il avait faim mais il n'y fit pas attention. Il n'avait pas le temps de manger et la fatigue commençait à le gagner.

Quand le soleil se coucherait à nouveau, il partirait en quête de nourriture.

***

L'ancienne maison de Vlad se trouvait à l'autre bout de la ville, dans une zone où ni Vlad ni Henry ne s'étaient rendus en trois ans, depuis l'incident. Nelly l'avait déjà mise en vente à deux reprises mais à chaque fois Vlad l'avait dissuadée de vendre alors qu'elle comptait garder l'argent pour lui payer des études. Un jour, il aurait la force de tourner la page sur cette maison mais ce jour n'était pas encore arrivé.

Gentille comme elle était, Nelly avait continué d'en payer les impôts. Elle avait gardé le conseil municipal de Bathory sous contrôle et avait donné à Vlad le temps de se remettre.

Il n'y était pas encore parvenu.

Vlad s'arrêta au croisement et regarda au bout de Lugosi Trail. Sa maison tenait toujours debout ; la charpente avait résisté malgré l'incendie. Personne n'avait pu dire à Vlad d'où était parti le feu, ni même comment il s'était éteint. Une seule chambre avait brûlé, celle de ses parents. Le capitaine des pompiers avait amené plusieurs inspecteurs avec lui mais ils ne purent conclure qu'une seule chose : il y avait eu un bref éclair dans la pièce, qui avait brûlé toutes les affaires et toutes les personnes présentes. Le reste de la maison, lui, n'avait que légèrement roussi.

Vlad pouvait sentir le regard de Henry sur lui, comme s'il attendait que son ami fonde en larmes. Mais Vlad n'allait pas se laisser aller. Il s'était résolu à ne plus pleurer devant les gens. Il gérerait son deuil seul dans l'obscurité de son lieu secret, en haut du beffroi. À mesure qu'ils approchèrent de la maison, Vlad continua de la fixer. Elle n'avait pas du tout changé depuis la dernière fois.

La demeure avait une drôle de forme irrégulière, à deux étages, avec une tour de trois étages sur le côté. Sa chambre se trouvait en bas de la tour. Au-dessus, il y avait celle de ses parents et, au sommet, le bureau de son père. L'extérieur était peint en gris, sauf la ferronnerie noire, assortie aux bordures du toit, sur laquelle se trouvait une terrasse en fer forgé.

Autrefois, Vlad jouait dans le jardin la nuit ; il espionnait par la fenêtre ses parents qui dansaient lentement sur une musique que lui ne pouvait pas entendre. Peut-être qu'il n'y avait même pas de musique mais ses parents dansaient malgré tout. Alors Vlad essuya un début de larme et prit son jeu de clés dans sa poche.

La porte s'ouvrit sans résister. Vlad s'attendait presque à trouver sa mère, qui l'accueillerait en l'embrassant sur le front et lui demanderait comment s'était passée sa journée. Bien sûr, elle n'était pas là mais sa veste préférée pendait toujours au portemanteau. Comme le reste de la maison, la fumée l'avait noircie mais on en distinguait la couleur derrière la couche grise.

Henry lui pressa l'épaule.

– Ça va ?

Vlad le repoussa et entra dans la maison. Une odeur âcre envahit ses narines.

– Commençons par le bureau.

– Et qu'est-ce qu'on cherche au juste ?

Henry, troublé par l'odeur, contourna le canapé et se mit à regarder autour de lui.

– Je n'en suis pas sûr. Mon père dit dans son mot que les réponses se trouvent ici.

Vlad inspecta la maison, se refusant de passer plus d'une seconde sur le moindre objet. Chaque meuble, chaque livre, chaque tapis se trouvait exactement au même endroit que la fois précédente. En trois ans, rien n'avait bougé. Le cœur lourd, Vlad prit le passage qui menait à la tour et monta l'escalier en colimaçon jusqu'au sommet.

Henry lui emboîta le pas.

La porte en acajou au bout du couloir était fermée mais Vlad y remédia avec un passe-partout. Il entra le premier, suivi de près par Henry, et retint sa respiration. L'immense bureau trônait au milieu de la pièce. Des diplômes et des toiles encadrés étaient accrochés au mur. Au bureau, il y avait une grande chaise en cuir, derrière laquelle se trouvait la penderie de son père. Vlad s'enfonça dans le cuir encore moelleux et se mit à tourner. Une petite fenêtre en verre coloré projetait un éclat rouge dans la pièce, rendant Henry tout rose.

– Mon père adorait cette chaise.

Vlad luttait mais les larmes lui vinrent quand même. Trois années n'avaient pas suffi à les estomper.

– Allez, Vlad, appela Henry en lui mettant la main sur l'épaule. Finissons-en.

Ils fouillèrent chaque tiroir, feuilletèrent chaque dossier, ouvrirent chaque boîte, et cherchèrent même des compartiments secrets dans le bureau. Quand ils en eurent fini avec la penderie, le soleil s'était déjà couché. Si le père de Vlad avait laissé des réponses là, quelqu'un d'autre les avait trouvées avant eux. Vlad mit un coup de pied dans une caisse et se passa la main dans les cheveux.

– Il faut qu'on trouve quelque chose ici.

– Tu t'attends à quoi, Vlad ? À trouver le nom du meurtrier de tes parents gribouillé sur un calepin ? Des informations écrites sur qui les a tués, comment et pourquoi ? Les empreintes du pyromane avec un aveu signé ? Il n'y a rien ici.

Henry jeta le dossier qu'il était en train de lire sur le bureau, soulevant un nuage de poussière entre eux deux. Il respira profondément et regarda Vlad d'un air désolé.

– Tout ce que je dis, c'est que tu devrais peut-être tourner la page. Et si chercher dans tous ces vieux trucs ne servait qu'à te rendre fou ?

Vlad hocha la tête. Henry ne pouvait certainement pas comprendre. Il voulut répondre mais ne trouva rien à dire pour que son ami ressente la même chose que lui. Il sortit et descendit l'escalier, veillant à ne jeter aucun regard vers la chambre de ses parents. Tandis qu'il ouvrait la porte de la sienne, il entendit les pas de Henry derrière lui.

– Tu n'étais pas forcé de venir.

Des jouets couverts de cendres jonchaient le sol, des jouets importants pour lui à une certaine époque mais qu'il peinait à se rappeler. Sur son lit traînaient une vieille paire de jeans et, à côté, un T-shirt chiffonné. Au pied du lit, il y avait un pouf vert citron et, derrière, le placard où pendaient encore ses vêtements. Tout avait été laissé après l'incendie. Vlad appuya sur l'interrupteur mais se sentit idiot : évidemment, il n'y avait plus d'électricité. Il sortit une petite lampe de poche et l'alluma en entrant dans le placard. Il s'agenouilla et déplaça la planche du fond. Dans le mur se trouvait une boîte, qu'il retira et porta jusqu'au lit. Henry le regardait d'un intérêt coupable.

– Qu'est-ce que c'est ?

Vlad souleva le couvercle.

– C'était ma boîte secrète, là où je gardais tout ce qui était important pour moi.

Il jeta un œil aux différents tickets de métro, aux photos et aux bibelots. Un sourire triste apparut sur ses lèvres.

Henry tira une photo de Tomas et la compara à Vlad.

– Tu ressembles à ton père comme deux gouttes d'eau.

Soudain, Vlad cligna des yeux et scruta Henry.

– Qu'est-ce que tu viens de dire ?

Il ne s'attendait pas à une réponse. À dire vrai, à peine les mots « Tu lui... » sortirent de la bouche de Henry que Vlad se précipita et courut le plus vite possible dans le bureau de son père.

– Où est-ce que tu vas ?

Vlad fit voler la porte et Henry la rattrapa juste à temps pour ne pas se la prendre dans la figure.

– On a déjà fouillé ici !

Vlad rouvrit la penderie et dégagea la veste préférée de son père. Derrière lui, Henry soupirait, exaspéré.

– Qu'est-ce que tu fais là-dedans ?

Au fond de la penderie se trouvait un symbole similaire à celui de la couverture du livre. Vlad tendit la main et le symbole se mit à briller. Vlad s'arrêta.

– Rends-moi service, touche ce dessin.

– Je ne vois pas l'intérêt...

– Fais-le, Henry, ne te pose pas de question.

Henry appuya la main contre le symbole.

Il ne se passa rien.

Pas d'éclat, pas de scintillement, rien. Vlad tendit à nouveau son bras et le dessin recommença à briller.

– Ce doit être un truc de vampire.

Vlad s'avança un peu, et ses doigts touchèrent enfin le bois. Le glyphe brilla toujours plus fort et la planche glissa de côté.

– Comment tu as fait ça ?

– J'en ai pas la moindre idée.

Vlad s'accroupit et tira un grand livre fin avec le même symbole sur la couverture. En dessous, était inscrit en relief « Les Chroniques de Tomas Tod ». Vlad tourna la première page du journal de son père et lut : « Je n'ai jamais voulu tomber amoureux de Mellina. » Vlad relut ces mots écrits de la main de son père deux fois avant de s'installer dans la chaise en cuir et de poursuivre à haute voix.

13 JANVIER

Je n'ai jamais voulu tomber amoureux de Mellina. Elle ne devait être qu'un repas, un peu de sang humain, rien de plus. Quand je l'ai rencontrée, elle rentrait à son appartement, en marchant dans le blizzard du mois de janvier. Elle était seule, emmitouflée dans un épais manteau de laine avec une écharpe autour du cou. Je sentais son sang, chaud et sucré, parcourir tout son corps, aussi appétissant dans le froid que doit l'être le chocolat chaud pour les humains. Je l'ai dépassée et suis sorti de l'ombre pour lui bloquer le passage. Elle s'est figée et m'a regardé de ses grands yeux marron. Je m'attendais qu'elle se mette à hurler. Mais elle m'a souri avec candeur et m'a proposé de la raccompagner jusqu'à chez elle.

Ce fut un vrai coup de foudre, quelque chose que l'on ne retrouve que dans les contes de fées.

Je suis allé la voir tous les soirs pendant trois ans, et là, un beau jour de printemps, nous nous sommes mariés sous le platane dans le parc, non loin de sa maison. À ce moment-là, son ventre était déjà bien rond à cause du petit Vladimir, une immense et incroyable surprise pour nous deux. Mais nous vivions dans le plus grand secret car les vampires n'ont pas le droit de se prendre dans la toile de l'amour avec des humains.

Nous avons décidé de fuir la ville, loin des yeux inquisiteurs d'Elysia, là où nous pourrions élever Vlad en paix et en sécurité. Le jour de notre départ, alors que nous rangions nos affaires dans sa voiture, un vieil ami est venu me voir. Il désapprouvait ce que je faisais et voulait me *prévenir qu'il ne pourrait pas me protéger du châtiment du Conseil. Même si j'étais convaincu à cette époque, et suis toujours convaincu, qu'il avait raison au sujet des dangers de notre histoire d'amour, je n'ai pas pu m'empêcher de partir, pour recommencer une nouvelle vie avec ma femme et mon fils.*

Mellina et moi nous nous sommes installés à Bathory, où elle avait grandi. Cette ville était bien plus petite que celle que j'avais connue et aimée. Ce n'était qu'un minuscule point sur la carte, pratiquement inconnu du reste du monde. Ma femme m'a présenté à son amie la plus chère, une infirmière nommée Nelly, à qui nous avons révélé mon plus grand secret. La révélation de ma nature vampirique ne l'a pas déboussolée. Elle était plus curieuse qu'horrifiée et ainsi, mon secret, celui de Mellina, devint également le secret de Nelly. Pas plus de trente jours plus tard, le petit Vladimir est né dans le grand lit de notre nouvelle maison, avec l'aide bienveillante de Nelly.

J'avais eu peur que Vladimir n'ait une déformation, comme punition pour avoir violé des lois et des coutumes vieilles de plusieurs siècles. Mais il était en excellente santé. Pâle et affamé mais en excellente santé. Mellina a plaisanté en

disant qu'il serait hors de question de le nour-
rir au sein. Comme j'ai ri à ces mots ! Je me
souviens les avoir contemplés tous les deux,
elle sur le lit et Vladimir tout enveloppé dans
une couverture blanche dans ses bras, avec une
petite canine ressortant de sa bouche plissée.
Mes peurs avaient été bien inutiles. J'avais une
famille, comme aucun autre vampire n'en avait
connu avant moi.

Vladimir est devenu un enfant joyeux et
dynamique. Ses cheveux sont aussi noirs que la
nuit, exactement comme les miens, et il a des
yeux… exquis. Sa peau a conservé sa blancheur.
C'est un enfant mince ; ce doit être dû au manque
d'aliments appropriés. Oh, il se nourrit bien
assez, toujours du sang que Nelly lui rapporte
de l'hôpital. (Personne ne remarque jamais ses
vols, puisque le sang « expire » après quarante-
cinq jours et que Nelly ne rapporte que le sang
proche de la date de péremption. Ainsi personne
ne sait s'il a été volé ou si on l'a simplement
jeté.) Peu importe ce qu'elle dit, il y a une dif-
férence énorme entre boire du sang dans une
poche et en prendre directement à la source.
J'écoute ses arguments sans m'y opposer ; Nelly
est humaine et ne peut certainement pas com-
prendre les subtilités du palais d'un vampire.

À l'heure où j'écris ces lignes, Vlad a deux ans et nous a apporté plus de joie à sa mère et moi que nous n'en avons jamais connu auparavant. Il est notre lumière, notre vie, et je ferai tout pour le protéger de la colère d'Elysia.

Demain, je compte me débarrasser de ma marque. C'est trop dangereux de la garder, même si je n'ai aucun souvenir de mon poignet sans cette épaisse encre noire. Ce sera douloureux, puisqu'on ne peut pas l'enlever par des moyens humains. Je dois l'exposer à la lumière du soleil jusqu'à avoir évacué la dernière trace d'Elysia qui est en moi. Je me demande ce que mes camarades vampires penseraient de ma décision de retirer ce tatouage mais cela n'a pas d'importance. Je ferai tout pour protéger ma famille.

Le récit se terminait aux deux tiers de la page jaunie. Vlad referma le livre et le pressa contre sa poitrine.

Henry s'impatientait, de toute évidence gêné par la découverte de Vlad.

— On devrait rentrer. Ma mère va se demander où on a été toute la journée.

Dehors, le ciel avait pris une vive teinte rose avec le coucher du soleil.

Vlad le suivit hors de la maison. Aucun des deux ne parla jusque chez Henry, où ils furent accueillis par l'odeur du chocolat et de la pâte à cookies. Sa mère s'était remise aux fourneaux.

– Bonjour, les garçons !

Matilda ne manquait jamais de les saluer d'une voix chantante, légère et enjouée. Vlad adorait ça mais Henry, lui, grimaçait chaque fois qu'il entendait le son de sa voix. Et cette fois encore, ça n'avait pas loupé ! Mais ce qu'il détestait par-dessus tout, c'était quand elle parlait de lui en disant « nous ».

– Salut, maman.

Henry passa derrière elle, alléché par l'odeur sucrée.

Matilda scruta soudain son fils avec méfiance.

– Alors, jeune homme, où est-ce que nous avons traîné toute la journée ?

– Tu sais, ici et là.

Au premier abord, elle ne semblait pas croire à l'air innocent de son fils mais elle essuya ses mains dans son tablier et sourit chaleureusement.

– Eh bien, mes garçons, vous devriez vous laver les mains avant le dîner.

Vlad lança un regard à Henry mais ce dernier avait déjà songé à l'excuse habituelle.

– Maman, Vlad a déjà mangé.

Peu coopératif, l'estomac de Vlad se mit à gargouiller. Deux poches de sang étaient soigneusement rangées dans son sac à dos. Ce devait être dur pour Henry de garder son secret, surtout à sa propre famille mais il le faisait malgré tout.

Certains humains étaient vraiment sympas.

Matilda retourna à ses casseroles et lança par-dessus son épaule :

– Sincèrement, Vlad, je ne cuisine pas si mal. Tu n'as pas à manger avant chaque fois que tu viens ici.

– C'est qu'il est difficile, maman.

Henry fit un clin d'œil à son ami, la pression de la journée était enfin redescendue.

Plus tard dans la nuit, tandis que Henry ronflait dans son lit, Vlad s'extirpa de son sac de couchage et ouvrit le journal de son père. Il lut avec une lampe de poche jusqu'à ce que ses paupières deviennent si lourdes qu'il dut lutter pour les maintenir ouvertes. Il décida néanmoins de lire un dernier extrait avant d'abandonner la partie.

6 SEPTEMBRE

Je viens de rentrer de Stokerton, où j'ai trouvé une lettre froissée clouée à la porte de l'appartement de Mellina, vide depuis longtemps. Mon vieil ami m'a écrit : il me prie de revenir à Elysia, me jure que tout se passera bien et me promet de parler au Conseil de mes crimes. Il ment. Il n'a jamais eu le courage de contredire le président, alors plaider la cause d'un criminel reconnu devant le Conseil ! On ne peut pas lui faire confiance.

J'ai dit à Mellina que j'avais passé la soirée sur le canapé mais elle sait que je lui mens, je le vois dans ses yeux. Je ne peux pas me résoudre à lui raconter la vérité, que je me suis dérobé une fois de plus pour aller espionner Elysia. Ainsi je continuerai à mentir, pour la protéger elle et Vlad de ma curiosité incontrôlable.

Vlad continue de m'émerveiller par son intelligence et sa facilité à se cacher. Je reste cependant préoccupé par son amitié forte avec Henry. Je doute que Vlad ose mettre notre vie en péril en révélant la vérité à un humain, même à un être aussi remarquable que Henry.

Aujourd'hui, c'était le premier jour de Vlad à la maternelle. J'étais opposé à l'y inscrire mais Mellina a insisté et je ne peux rien lui refuser. Mellina lui portera son déjeuner et nous avons interdit à Vlad de montrer ses crocs devant les *humains. Mais combien de temps tiendra-t-il ? Je n'ose y penser. Vlad est un garçon mûr pour son âge, ça ne fait aucun doute, mais c'est encore un enfant. On ne peut pas attendre d'un enfant qu'il se comporte en adulte.*

Vlad est rentré indemne de l'école mais chaque moment passé loin de lui me rend triste. Je retrouve l'esprit d'Elysia à travers lui. Il est plus que mon fils. Il est mon frère de sang.

Quand j'étais à Stokerton, j'ai découvert de nouvelles notes au sujet du Pravus. Je dois concentrer mes recherches là-dessus ; je vais donc partir une nouvelle fois pour Elysia au cours des prochaines semaines pour consulter les textes sacrés. Je dois agir discrètement, sous peine de finir prisonnier du conseil d'Elysia. Les textes se trouvent dans sa bibliothèque.

Quel fardeau ! Sans le tunnel que mon vieil ami et moi avons creusé, ce serait impossible.

Compte tenu de la situation, je devrai porter ce fardeau face à mes frères pour que des soupçons ne pèsent pas sur mon fils.

Vlad relut ce passage et réfléchit un instant au mot « Elysia ». Il en ignorait complètement le sens mais le ton employé par son père lui faisait dresser les cheveux sur la tête. Son père semblait terrifié.

Vlad passa ses doigts sur le texte griffonné avant de presser sa joue contre la page et de laisser ses paupières se fermer.

Cette nuit-là, il ne fit aucun rêve.

10
LE RENDEZ-VOUS
DES MONSTRES

Vlad se mettait de la crème solaire sur le visage quand Henry frappa à la porte de la salle de bains.

— Je sors tout de suite !

Vlad finit de s'étaler la crème sur le nez puis ouvrit la porte. Henry, au pied du lit, grimaçait en regardant le journal, qui dépassait du sac à dos de Vlad.

— Tu lis encore ce stupide bouquin ?

— Ce n'est pas stupide ! répondit Vlad avant de descendre son sac au rez-de-chaussée.

Ils marchèrent jusqu'à l'école, parcourant les rues sans dire un mot, et arrivèrent à la salle numéro six.

— J'espère que tu n'as oublié personne ! s'exclama Henry.

Il montrait Meredith, qui échangeait des cadeaux de Saint-Valentin avec Kara et Melissa.

Cupidon semblait avoir envahi la classe ; Vlad sursauta en voyant les napperons en papier, les cœurs roses et rouges, et les angelots qui décoraient les murs. Il alla s'asseoir à sa table. Mr Otis entra juste derrière lui, cette fois sans déguisement. À vrai dire, il paraissait pâle, presque malade. Il posa sa sacoche sur son bureau et s'assit à son tour.

Mike Brennan brandit un des petits anges nus en papier tombé par terre.

– Mr Otis, aujourd'hui on étudie les tapettes ?

La classe éclata de rire mais Mr Otis resta de marbre. Il parla d'une voix grave :

– Aujourd'hui, vous travaillerez librement sur vos présentations.

Détendu sur sa chaise, Vlad se perdit dans la lecture du journal de son père pendant une heure. Au bout d'un moment, il s'arrêta sur un passage étrangement court.

21 SEPTEMBRE

Une année de travaux m'a convaincu. La prophétie d'Elysia est en train de s'accomplir à travers Vlad. Ce sera un grand homme, il n'y a aucun doute à ce sujet.

Le cri rauque de Mr Otis fit bondir Vlad.

– On ne dirait pas votre présentation, monsieur Tod.

Il lui fit signe de s'approcher. Après un long soupir, Vlad apporta le journal au bureau. Mr Otis observa la couverture un instant avant de feuilleter rapidement les pages. Il se pinça les lèvres et croisa le regard du jeune garçon.

– Vous viendrez me voir à la fin de l'heure.

Les dernières minutes du cours semblèrent durer une éternité. Mr Otis alternait entre scruter le vide et parcourir le journal de Tomas, ce qui rendait Vlad furieux. Qu'il ait eu tort ou non de le lire en classe, il avait droit à un peu d'intimité. Mais Mr Otis n'y voyait certainement pas un journal mais une œuvre de fiction ; Vlad passa donc le reste du temps à regarder l'horloge et à se calmer en respirant profondément.

La sonnerie retentit et tout le monde sortit dans le couloir. Vlad alla au bureau de Mr Otis, prêt pour le sermon de son prof. Dehors, Meredith discutait avec Henry. Elle faisait tourner une mèche de cheveux autour de son index et baissait de temps à autre le regard. Henry gardait les mains dans les poches et affichait son sourire habituel. Il venait sans doute de raconter quelque chose de drôle car Meredith rit en lui touchant le bras.

Vlad bouillonnait.

Puis comme si cette torture ne suffisait pas Meredith sortit une carte de Saint-Valentin soigneusement préparée de son manuel d'anglais et la tendit à Henry. Le cœur de Vlad battait contre ses côtes, comme un prisonnier contre les barreaux de sa cellule.

La vie savait se montrer toujours plus cruelle et injuste.

Vlad tira de son sac une ridicule boîte de chocolats. Il grimaça devant son écriture tordue : « À Meredith, des douceurs pour toi, ma douceur. Vlad. » D'un revers du poignet, il la jeta dans la poubelle.

Mr Otis regarda la scène avec un manque flagrant d'empathie.

– Dans ma classe, Vladimir, vous ferez ce que je demande. Vous ne vous intéresserez pas à des documents sans aucun lien avec le sujet du cours. Me suis-je bien fait comprendre ?

Le journal de Tomas restait ouvert sur le bureau. Vlad en détacha son regard et fixa son professeur droit dans les yeux.

– Parfaitement.

– Si ce n'est pas trop personnel, dit Otis d'une voix étonnamment douce, j'aimerais savoir pourquoi vous vivez avec votre tante et non avec vos parents.

– Mon père et ma mère...

Vlad eut un terrible nœud dans la gorge. Il parlait rarement de Tomas et Mellina, avec qui que ce soit. Pourquoi Mr Otis s'intéressait-il à eux ?

– Ils sont morts il y a trois ans.

Otis pivota sur son siège. Il eut soudain un terrible poids sur les épaules et se courba sur le bureau.

– Je suis sincèrement désolé. Comment sont-ils morts exactement ?

– C'était un accident, un incendie domestique. Pourquoi vous voulez savoir ça ?

Perdu dans ses pensées, Otis secoua la tête.

– Quelle tristesse. Ils doivent beaucoup vous manquer. Est-ce que vous étiez proche de votre père ?

C'en était trop ! Vlad prit un air sévère et jeta un regard mauvais à Mr Otis.

– Est-ce que je peux ravoir mon journal ?

– Mais ce n'est pas votre journal, Vladimir, pas vraiment.

Mr Otis baissa encore la voix, jusqu'à murmurer. Il caressa les pages du livre presque avec amour avant de le tendre à Vlad.

– Vous devriez faire attention à ce que vous croyez savoir, monsieur Tod. Le monde est rempli de monstres au visage d'ange.

Vlad attrapa le journal et jeta son sac par-dessus son épaule. Sans surprise, Vlad sentit ses crocs pousser l'intérieur de sa lèvre. À la porte, il s'arrêta et fit volte-face en faisant attention à cacher ses dents.

– Merci du conseil, monsieur Otis, mais j'en sais plus sur les monstres que vous ne pouvez l'imaginer.

Mr Otis acquiesça simplement.

Vlad ouvrit son casier en cherchant Henry des yeux. Il n'y avait aucune trace de lui mais il vit néanmoins Meredith. Elle lui sourit et le rejoignit en courant.

– Joyeuse Saint-Valentin, Vlad !

Il se racla la gorge. Il lui en voulait toujours de flirter avec son meilleur ami mais si s'énerver contre une jolie fille pouvait être facile, le rester était une toute autre histoire.

– Merci, à toi aussi.

– Je ne t'ai pas vu après le cours alors j'ai confié à Henry une carte que j'avais faite pour toi.

Elle leva la main et se mit à tourner ses parfaites boucles brunes avec le doigt.

– Oh... je..., balbutia Vlad, j'ai oublié la tienne à la maison.

Les joues de Meredith se tintèrent légèrement.

– Ce n'est pas grave. Tu n'avais pas à me préparer de cadeau.

– C'est déjà fait. Il est... très joli.

Le couloir commençait à se vider rapidement ; la sonnerie retentirait bientôt. Vlad réussit à sourire sans trop rougir.

– Bon, je devrais y aller sinon je vais être en retard en cours de maths.

– Tu ne trouves pas que Mr Harold est horrible ? demanda Meredith. Moi, je l'ai juste après le déjeuner.

– Oui, il est vraiment nul.

– À plus tard, Vlad.

– D'acc.

Il referma son casier et flotta sur un petit nuage jusqu'à la salle de Mr Harold.

Ayant suffisamment lu le journal pour la soirée, Vlad marqua sa page avec un trombone. Malgré les objections de Henry, les écrits de son père lui avaient appris bien des choses. Il se leva et approcha sa chaise de jardin d'une fenêtre en arc du beffroi. La ville de Bathory était plongée dans un silence inquiétant et il y avait une sensation particulièrement désagréable dans l'air. Même les gothiques avaient délaissé les marches de l'école.

Vlad éteignit les bougies, monta sur le rebord et observa la ville. Dans son journal, Tomas évoquait un monde entier habité par des vampires. Tomas parlait d'un vampire qui les traquait lui et sa famille, parce qu'il avait commis un terrible crime en tombant amoureux d'une humaine et en trahissant son espèce. Vlad frémit à l'idée qu'il puisse exister d'autres êtres comme lui. C'était à la fois terrifiant et incroyablement excitant, d'autant que le journal incitait Vlad à supposer que ses parents avaient été tués.

Soudain, Vlad entendit un bruit sourd, comme un cri au loin. Il tourna la tête vers le parking de l'école ; deux hommes se disputaient bruyamment. Vlad mit le journal dans la poche intérieure de sa veste et flotta jusqu'à un chêne proche. Avec précaution, il bondit d'arbre en arbre jusqu'à se retrouver au-dessus des deux hommes.

Mr Otis ouvrit la portière de sa voiture. Lui qui avait l'habitude de sourire avait cette fois un air méprisant. Il posa sa sacoche sur le siège passager et se retourna vers un homme vêtu de noir.

– Cette conversation est terminée.

– Ne me parle pas comme à un de tes élèves, Otis. Où est Tomas ?

Vlad leva un sourcil. Cet homme ne pouvait pas parler de son père. Il s'assit prudemment sur une branche pour écouter.

– Je ne peux pas te fournir des informations que je n'ai pas.

Otis baissa la tête et la voix ; Vlad dut se concentrer pour entendre.

– Le garçon me mènera jusqu'à lui. J'ai besoin de temps.

– Tu as repéré le Pravus ? demanda l'inconnu, soudain tendu, nerveux.

– Je suis entré en contact avec Vladimir, oui.

Vlad faillit perdre l'équilibre et tomber sur la tête de Mr Otis en entendant son prénom, ce qui aurait été *très* embarrassant.

Après un court silence, l'homme se mit à pianoter sur le toit de la voiture d'Otis avec impatience.

– Pourquoi m'empêches-tu de lire tes pensées, Otis ? Et pourquoi m'est-il impossible de lire l'esprit des habitants de cette ville ? Tu as retrouvé la trace de Tomas après quatorze années de traque par le Conseil et tu n'en as informé personne. Pourquoi ? Qu'est-ce que tu prépares ?

Otis leva les yeux. Vlad retint son souffle. À une telle distance, on ne pouvait certainement pas le voir, surtout dans l'obscurité. Pourtant, il sentait le regard d'Otis sur lui.

Après un moment long et éprouvant, Otis se concentra à nouveau sur l'homme en face de lui mais continua de se taire. L'inconnu l'attrapa par le col.

– Si tu as jeté sur ces gens le sort de Tégo pour bloquer ma télépathie...

Otis rit mais il était prêt à se battre si nécessaire.

– Tu t'inquiètes trop. Je suis de ton côté, tu te rappelles ? J'ai autant envie de retrouver Tomas que toi.

– Alors explique-moi ce qu'il se passe, répondit l'homme en lâchant prise.

– N'as-tu pas envisagé que Tomas ait jeté le sort de Tégo sur les habitants de Bathory ? Après tout, il cherche à nous échapper.

– C'est possible, oui.

Des picotements dans les pieds de Vlad commençaient à s'étendre dans toute sa jambe. Il s'assit pour reposer ses membres endoloris. Soudain, la branche craqua sous son poids.

L'homme leva brusquement les yeux. Vlad retint à nouveau son souffle.

— Tu as entendu ?

Otis le prit par l'épaule et dirigea son attention vers le trottoir.

— Être loin d'Elysia te rend paranoïaque, D'Ablo. Rentre chez toi. Repose-toi. Quand je trouverai Tomas, je te contacterai.

Une fois D'Ablo parti, Otis revint vers l'arbre. Il observa la branche du grand chêne.

Dans les buissons qui longeaient le trottoir, Vlad, encore très tendu, soupira doucement.

11

MR OTIS VIENT DÎNER

– Les vampires boivent du sang, dorment dans des cercueils et craignent l'ail.

Mr Otis se tenait devant sa classe, habillé d'un costume noir et d'une cape en vinyle ridicule, assez similaire à celle que portait Vlad le soir d'Halloween. Appuyé contre son bureau, il fixa Vlad avec une étrange lueur dans les yeux et lui sourit avant de se tourner vers le tableau noir. Il avait accroché différentes représentations de vampires peintes par des artistes au fil des siècles. Vlad fut particulièrement marqué par une comtesse hongroise et un prince transylvanien. Étaient-ils vraiment des vampires eux aussi ? Des parents peut-être ?

Mr Otis regarda Vlad avec insistance. Celui-ci gigotait sur sa chaise. Plusieurs camarades de classe les scrutaient tous les deux. Mr Otis cligna des yeux, comme s'il sortait d'un rêve éveillé.

– Vlad, j'aimerais que vous m'aidiez avant de passer à votre présentation orale.

Il plongea la main dans un tiroir et en sortit une boîte en plastique fermée.

Jetant un coup d'œil rapide à Meredith, Vlad se leva et se mit devant la classe. Il prit la boîte, attendant les instructions de son professeur. Mr Otis, qui semblait retenir son souffle, finit par parler ou plutôt par murmurer :

– Vladimir, veuillez distribuer les gousses d'ail au reste de la classe.

Vlad écarquilla les yeux. Il n'y avait entre lui et une des plantes les plus mortelles pour les vampires qu'un demi-centimètre de plastique jaune moutarde.

– Je ne peux pas.

– Et pourquoi cela ?

Mr Otis, les bras croisés, frappait un doigt contre son biceps et contemplait la boîte tendue par Vlad avec une indifférence flagrante.

Vlad posa la boîte sur le bureau.

– Je suis allergique à l'ail. Si vous ne me croyez pas, vérifiez à l'administration. C'est inscrit dans mon dossier.

Il haussa les épaules, ignorant les moqueries des élèves derrière lui.

Mr Otis resta un instant immobile, remit la boîte dans le tiroir et vérifia l'heure avant de revenir vers son élève.

– Très bien. Alors continuons avec la présentation de votre vie de vampire.

Il parlait d'un ton si franc, si assuré ; en réalité, Mr Otis ne faisait pas semblant de croire à une nouvelle histoire.

Non. Il connaissait le secret de Vlad.

Les jambes de Vlad se mirent à trembler. Il avait soudain si froid que ses cordes vocales semblaient gelées.

Il se concentra pour pénétrer l'esprit de Mr Otis. Une image floue se forma, une image rouge sang, une image mêlée de terreur. La voix perçante de Mr Otis secoua Vlad de son état de transe :

— Vlad, votre présentation !

Vlad se racla la gorge et se tourna lentement vers ses camarades.

— Je m'appelle Vladimir Tod et je... je suis un vampire.

Il eut soudain très chaud aux oreilles. Il regarda son professeur, qui lui fit signe de poursuivre. Il ne pouvait plus penser à rien. Il était incapable de se souvenir de ce qu'il avait écrit.

Mr Otis avait l'air énervé. La classe, elle, restait stoïque.

Tout à coup, Vlad eut un déclic :

— Les créatures qui vous sucent le sang la nuit n'ont pas la vie facile. Si je sors sans crème solaire, je risque de finir carbonisé.

Meredith rigola et n'était pas la seule. Vlad se sentit tout de suite mieux.

— Hormis les personnages de livres dont je ne peux pas prouver l'existence, je suis presque sûr d'être le dernier vampire sur Terre. Je me sens seul mais, au moins, je n'ai pas besoin de faire la queue à la banque du sang.

Vlad sourit ; à sa grande surprise, il tirait un véritable plaisir de cet exercice.

— Si je me concentre, je peux léviter, et parfois même lire dans l'esprit des gens. Mais pour ça, il faut être un vampire à sang pour sang.

Toute la classe applaudit et même Mr Otis esquissa un sourire.

Vlad lui jeta un dernier regard et retourna à sa place. Le professeur prit sa tasse de café ; sa manche laissa entrevoir un tatouage, à l'encre noire épaisse, au creux de son poignet.

Vlad étouffa un cri. Cela ressemblait énormément au symbole gravé sur le porche de Mr Craig, celui qui le hantait depuis des mois. Une seule différence : les traits penchaient dans le sens inverse.

La sonnerie aiguë annonça la fin des cours. Vlad rassembla ses affaires et fila à toute allure hors de la classe sans même un regard vers Mr Otis.

Henry attendait sur les marches à l'extérieur du bâtiment. Il tenait son sac à dos sur une épaule, un pouce rentré dans la ceinture de son jeans. Il fit un sourire à Vlad mais changea immédiatement de tête.

– Qu'est-ce qu'il y a ? Tu es tout pâle.

S'il riait volontiers aux jeux de mots de Henry, cette fois-ci Vlad ignora sa blague et lui agrippa la chemise.

– Je crois que Mr Otis a tué mes parents.

Henry resta bouche bée.

Vlad le libéra et se pencha vers lui.

– Et aussi Mr Craig.

– Enfin Vlad, tu nages en plein délire ! On n'est même pas sûrs que Mr Craig soit mort.

Sur le chemin de la maison, Vlad raconta tout ce qu'il savait, donnant chaque détail de sa visite chez leur ancien prof : le chapeau sur le porte-manteau, le mystérieux symbole trouvé à quatre endroits différents et la marque similaire sur le poignet de Mr Otis. Il expliqua l'intention de son père de se défaire d'un tatouage à la lumière du soleil et lui raconta la conversation qu'il avait surprise entre Otis et un homme entièrement vêtu de noir du nom de D'Ablo.

– Alors, il serait quoi ? Membre d'un gang ? Assassin pour la mafia ?

— Vampire.

Henry éclata de rire mais s'interrompit en voyant le visage de Vlad.

— Tu plaisantes, j'espère.

— J'ai l'air de plaisanter ? Je crois qu'il va essayer de s'en prendre à moi. Dans son journal, papa dit que...

— Vlad, c'est n'importe quoi. Écoute, je sais que tes parents et Mr Craig te manquent mais accuser ton prof d'être un vampire ? Ça craint. Même si c'était vrai – tu noteras que je ne nie pas complètement cette possibilité – et qu'il voulait s'en prendre à toi, est-ce qu'il ne l'aurait pas déjà fait ?

— Pas s'il a besoin de moi pour retrouver mon père.

— Mais ton père est...

— Je sais, Henry ! C'est moi qui les ai découverts ! Morts, mes parents sont morts. Pourquoi est-ce qu'on me le rappelle en permanence ?

Henry allait répondre mais Vlad accéléra le pas et claqua la porte de la maison derrière lui.

Il jeta le journal à travers la pièce et heurta une lampe qui se fracassa au sol. Puis il se précipita à nouveau dehors.

— Henry ?

Son ami le dévisagea, visiblement ému.

Vlad l'était tout autant.

— Tu me crois, n'est-ce pas ?

— Je crois que tu as peur. Et qu'il y a une raison à cela. Alors... d'accord. Pourquoi pas des vampires ?

— Dans son journal, papa parle d'un monde peuplé de vampires, de villes entières habitées par eux. Ils n'ont pas pu tous disparaître, non ?

— Ce n'est pas impossible qu'il y en ait d'autres. Et ce sont sans doute des gens horribles. Tu as peut-être raison. Mais ne t'emballe pas sans preuve. On va découvrir ce qu'il se passe, Vlad. Simplement... fais attention.

Puis Henry s'en alla.

Vlad leva les yeux vers sa maison et soupira. Il avait complètement oublié que Mr Otis venait dîner ce soir. Il fit glisser la courroie de son sac à dos et le traîna à l'intérieur.

Il posa sa veste et son sac dans sa chambre, changea de haut et retourna au rez-de-chaussée. Il réchauffa une poche de sang dans le micro-ondes, y plongea les dents et suça le jus chaud et sucré qu'il fit tourner sur sa langue avant de l'avaler.

Vlad avait aperçu un livre au centre commercial intitulé *Les Créatures suceuses de sang*. Il ne se souvenait ni de l'auteur ni même du contenu exact mais il se surprit à réfléchir à cette courte définition de son espèce. Parlerait-on de lui comme ça si son secret venait à se savoir ? Au début, cela l'inquiétait mais très vite, il s'habitua au terme. Il suçait déjà du sang, alors être appelé « créature » ne ferait que compléter son titre.

Vlad était en bas des marches quand Nelly referma la porte avec son talon, les bras remplis de sacs de course.

— Qu'est-ce qui est arrivé à la lampe ?

— Amemet l'a fait tomber.

La grosse chatte noire miaula en guise de protestation.

— Enlève-moi ça, dit Nelly en voyant le haut de Vlad.

Il regarda son T-shirt noir et les lettres pourpres qui coulaient sur sa poitrine, comme du sang : « UN VAMPIRE M'A SUCÉ ». Henry le lui avait offert à Noël dernier.

— Pourquoi ? J'aime bien ce T-shirt.

Au regard de Nelly, il comprit qu'elle n'en démordrait pas. Elle porta ses sacs dans la cuisine et Vlad lui emboîta le pas.

— Qu'est-ce qu'on mange ce soir ?

Elle sortit des steaks frais. Vlad fixa alors le jus rouge qui débordait de l'emballage.

– Du pain de viande. Est-ce que tu tiendras le coup tout un repas ? Je sais que tu n'aimes pas la viande cuite mais...

– Pas de souci, Tante Nelly. Tu sais bien que j'ai fait semblant d'être normal toute ma vie.

Il sourit à moitié, sortit des œufs et du riz d'un des sacs et les posa sur le comptoir.

– D'être *humain*. Tu *es* normal, Vladimir. Tu es un vampire ado en bonne santé, normal. Certaines personnes sont végétariennes, toi tu bois du sang : ça n'a strictement rien d'étrange ni d'anormal. Tu es simplement différent du reste des habitants de cette ville. D'accord, je m'inquiète de savoir comment les gens réagiraient s'ils apprenaient. Ils ont peur de ce qu'ils ne connaissent pas et s'en prennent à ce qui les effraie.

Nelly avait raison, évidemment. Et Vlad continuerait de faire semblant jusqu'à ce que le monde soit prêt... ce qui, pensait-il, n'arriverait jamais. Il regarda Nelly ranger les courses en se demandant pourquoi elle avait invité Mr Otis. Il allait lui poser la question quand une curieuse idée lui vint : il n'avait qu'à s'infiltrer dans son esprit et voir par lui-même. Il se concentra intensément.

Nelly posa la main sur son front.

– J'ai un affreux mal de crâne.

Vlad sourcilla et se concentra à nouveau mais il ne se passa rien. Nelly attrapa de l'aspirine sur le comptoir, prit deux cachets et regarda Vlad avec curiosité.

– Est-ce que cela t'angoisse que ton prof vienne ce soir ?

– Le remplaçant !

Vlad fit glisser son doigt sur l'emballage de la viande et le porta à ses lèvres. Il sentit la pression de ses crocs qui s'allongeaient ; les garder à découvert pendant la soirée le tentait bien. Peut-être qu'un tête-à-tête avec une autre créature suceuse de sang pousserait Mr Otis à se dévoiler un peu.

– Mr Craig est toujours porté disparu.

– Je crains qu'on ne le retrouve jamais, répondit Nelly en hochant la tête. Pauvre homme.

Alors Vlad prit la main de Nelly dans la sienne.

– Tante Nelly ? Il faut que je te dise quelque chose au sujet de Mr Otis.

Il lui raconta tout : le livre, le journal de Tomas, le chapeau d'Otis, son tatouage. À la fin de son discours, elle lui tapa sur l'épaule.

– Tu es terriblement stressé en ce moment, Vladimir. Ça ne m'étonne pas que tu voies des vampires partout. Moi-même, l'autre jour, j'ai cru voir...

– Pas partout. Juste dans ma classe.

Il brandit le morceau de papier qu'il avait pioché dans le chapeau d'Otis quelque temps auparavant, celui sur lequel le « loup-garou » s'était transformé en « vampire ».

Nelly soupira en lisant l'écriture atroce du professeur.

– Mon chéri, on s'inquiète tous pour Mr Craig mais ce n'est pas une raison d'en vouloir à Mr Otis. Donne-lui sa chance.

Elle tapa soudain dans les mains ; le débat était clos.

– Il faut que je me mette aux fourneaux ou le repas ne sera jamais prêt à temps.

Vlad fit un pas en arrière, choqué de voir que sa tante ne le croyait pas et qu'elle ne prenait même pas ses doutes au sérieux. Mais cela ne servirait à rien de se disputer. Ce soir, il lui faudrait rassembler des preuves solides contre Mr Otis. Après cela, Nelly et Henry ne pourraient plus nier.

Vlad toucha une de ses canines du bout du doigt et frissonna lorsque l'émail acéré lui rentra dans la peau. Il se suça le sang un moment et haussa les épaules face au regard préoccupé de Nelly. Il se força à sourire.

– Je peux t'aider pour le dîner ?

Il sortit bols et casseroles et cassa des œufs dans un grand saladier en verre. Il observa Nelly mélanger le riz et la viande, songeant constamment au tatouage sur le poignet de Mr Otis. Il ressemblait tant au symbole sur le porche. Ce devait être une malédiction ou un moyen pour les vampires de marquer leurs victimes. Vlad pensa alors au cylindre noir et au dessin inscrit au bas. Il ne connaissait pas toute la vérité mais il était certain que quelqu'un avant D'Ablo avait mis la main sur Tomas. Et ce quelqu'un devait être Mr Otis.

Nelly enfourna sa préparation. Elle programma l'alarme sur une heure, essuya le comptoir avec un chiffon mouillé et se lava les mains. Vlad fronça les sourcils en voyant le chiffon imprégné de sang : quel gâchis ! Ces derniers temps, son appétit avait décuplé ; lui pensait que c'était à cause du stress et Nelly à cause des hormones. D'un coup sec, elle ouvrit le congélateur et lui lança une nouvelle poche de sang avant de partir se changer à l'étage.

Vlad mordit directement dans le plastique, renonçant au micro-ondes, et se posa devant la télévision. Il n'y avait rien d'intéressant mais il se fichait bien du programme. Il redoutait l'arrivée inévitable de leur invité et cherchait les raisons qu'aurait eues Mr Otis de tuer son professeur favori.

Soudain, on sonna à la porte.

Vlad se précipita. Il voyait à travers la fenêtre les contours de Mr Otis sous le porche, sûrement occupé à planifier la disparition d'un garçon innocent et de sa tutrice bien trop confiante.

Une main lui pressa l'épaule et le fit sursauter. Nelly plissait le front.

– Vladimir, fais-le entrer. Ne sois pas mal élevé.

– Je crois que j'ai attrapé la grippe. On ne peut pas l'inviter une autre fois ?

Nelly lui toucha le front du dos de la main et secoua la tête.

– Vladimir, tu n'as pas la grippe. Tu ne peux pas l'attraper, rappelle-toi. Tu es juste nerveux. Je ne connais pas un jeune sur cette Terre qui voudrait dîner avec son professeur. Je te promets qu'on ne parlera pas de l'école, d'accord ?

Et elle ouvrit la porte.

Mr Otis sourit chaleureusement. Vision d'horreur : il portait toujours son chapeau.

– Bonsoir, Nelly... Vlad. Merci de m'avoir invité.

– Nous sommes ravis de vous accueillir, Otis. J'espère que vous aimez le pain de viande.

Elle le conduisit dans la salle à manger pendant que Vlad restait dans l'entrée, observant le coucher du soleil. Il aurait préféré être n'importe où plutôt qu'ici. Il ferma la porte du pied et retourna devant la télévision.

La voix de Nelly lui parvint depuis l'autre pièce :

– Vlad m'a dit que vous enseigniez la mythologie à Stokerton avant de venir à Bathory.

– Oui, d'ailleurs je m'y suis beaucoup plu. Attention, je ne me plains pas d'être ici. Au contraire, je ne pourrais pas rêver meilleurs élèves.

Des bruits de vaisselle retentirent alors, sans doute Nelly qui mettait le couvert.

– Pourquoi avez-vous déménagé, si ce n'est pas trop indiscret ?

Otis fit une pause si longue que Vlad n'attendait même plus la réponse.

– Pour être honnête, j'avais besoin de changer d'environnement.

Dix minutes après le début d'une rediffusion de *Buffy contre les vampires*, Nelly appela Vlad :

– Le dîner est presque prêt !

Il appuya sur la télécommande et l'écran s'éteignit. Vlad ne bougea pourtant pas de sa chaise. La perspective de dîner avec l'homme qui lui avait pris ses parents et son professeur suffisait à le faire sombrer dans une rageante dépression.

Nelly vint le chercher, toujours aussi pré-occupée.

– Tout va bien ?

– Je suis vraiment forcé de manger avec lui ? demanda Vlad à voix basse.

– Évidemment. Maintenant, va tenir compagnie à notre invité pendant que je termine ma cuisine.

Ses yeux étaient pleins de sympathie. Vlad aurait voulu la secouer, la mettre à l'abri de ce monstre, mais à quoi bon ? Au lieu de cela, il se traîna dans la salle à manger.

– Est-ce que tout va bien ?

Mr Otis était assis à table. Il avait retiré son chapeau et son manteau et regardait Vlad avec une intensité qui lui donnait la nausée.

Vlad se pinça fort les lèvres et ralentit le pas. Non, depuis maintenant trois ans, tout n'allait pas bien. Depuis que Mr Otis lui avait pris quasiment tout ce qui était important à ses yeux.

Derrière lui la voix de Tante Nelly résonna, joyeuse et attentionnée :

– Vlad angoissait à l'idée de voir son professeur chez lui.

– Son remplaçant...

– Ce n'est pas la peine d'angoisser, Vladimir. Je suis ravi de me rapprocher de vous et de votre adorable tante.

Nelly sourit et disparut dans sa cuisine.

– J'en suis sûr, répondit Vlad, le regard menaçant.

Mr Otis se racla la gorge.

Vlad ne détournait pas les yeux.

Mr Otis se racla de nouveau la gorge.

– J'ai apprécié votre présentation aujourd'hui, Vlad. Vous avez démontré vos talents créatifs.

– Oui, c'est tout moi. J'adore raconter de bonnes histoires.

– Vous conviendrez certainement que toutes les histoires reposent sur une part de vérité. Je me trompe ?

Mr Otis se pencha en arrière et jeta un œil à la cuisine, où Nelly sortait des biscuits du four.

Vlad croisa le regard de son professeur et les deux se firent face un moment. L'ambiance dans la pièce était électrique.

– Vous devez avoir raison.

– Je suis sûr, ajouta Otis avec un sourire sinistre, que vous êtes d'accord pour dire que l'existence des vampires relève plus que d'un simple conte de fées. N'est-ce pas ?

– Où voulez-vous en venir, *monsieur* Otis ?

Otis se tut une seconde. Puis il reprit :

– J'aurais voulu m'entretenir du journal de votre père.

– Ça ne vous regarde pas.

– Je crois bien que si.

– Vous pouvez toujours rêver.

Vlad frappa sa fourchette sur la table.

– C'était la vraie raison de votre venue ce soir, n'est-ce pas ?

Mr Otis se détendit, en prenant un air sincèrement surpris. Il fit alors claquer sa langue.

– Eh bien, on dirait que mon secret n'en est plus un. Vous *êtes* un enfant intelligent.

Nelly entra dans la pièce, avec un panier de biscuits fumants.

– Tout se passe bien ici ?

Nelly les scruta l'un après l'autre : Otis souriait, Vlad avait un visage dur.

– J'ai cru entendre du bruit.

– Pas d'inquiétude, Nelly. Vlad a simplement fait tomber son couvert sur la table par accident. N'est-ce pas, Vladimir ?

Vlad resta impassible et ce pendant toute la durée du repas, ne faisant qu'écouter la conversation et déplacer des morceaux de nourriture dans son assiette sans manger. Nelly lui adressa de nombreux regards de reproche mais Vlad n'y prêta aucune attention. Quand enfin Otis la félicita pour ses talents de cuisinière, les yeux de Nelly pétillèrent ; Vlad se souvint alors un instant de sa mère. Les deux femmes avaient des réactions si proches et pourtant n'avaient aucun lien de parenté.

– Je devrais me refaire une beauté. Vlad, tu peux débarrasser la table ?

Otis sourit en la regardant monter à l'étage.

– Votre tante est remarquable. Ce serait dommage qu'il arrive quelque chose à l'un d'entre vous.

Les crocs de Vlad poussèrent d'un coup, de faim et de rage.

– Dehors !

– Je vous demande pardon ?

– Sortez de chez moi immédiatement ! Et ne revenez jamais.

Mr Otis ne laissa pas transparaître la moindre colère. Nelly revint dans la pièce et à la grande surprise de Vlad, Mr Otis sourit aimablement.

– Je dois m'en aller. Avant, puis-je emprunter votre salle de bains ?

Nelly sembla déçue par ce départ précipité.

– Bien sûr. Vous montez, deuxième porte à gauche.

Une fois Otis à l'étage, Nelly s'appuya contre le cadre de la porte.

– Qu'est-ce que tu as fait ?

– Rien !

– Bon, est-ce qu'il y a quelque chose dont tu voudrais me parler ?

– Pas vraiment.

– Tu vas bien ?

– Oui.

Or c'était tout le contraire. Il avait besoin d'être seul, de réfléchir à la façon de se défendre contre un vampire non seulement plus grand que lui mais aussi habitué à tuer. Vlad courut dans sa chambre. Il agrippa la poignée mais fut coupé dans son élan par un bruit de l'autre côté de la porte. Un bruit de griffes contre le bois. Vlad entrouvrit la porte. Mr Otis se tenait face à l'armoire, le dos tourné, penché par-dessus le tiroir du haut. Le bruit disparut et Otis leva la tête, à l'affût. Vlad se recula jusque dans la salle de bains et observa Mr Otis sortir de sa chambre et redescendre l'escalier.

Vlad entra chez lui et traversa la pièce jusqu'à son armoire. Il ouvrit le tiroir mais ne vit rien d'anormal ; tout était là : chaussettes, boxers, ceintures... Il le refermait quand ses yeux s'écarquillèrent en voyant sa boîte secrète. Son père la lui avait offerte quand il avait seulement quatre ans et c'était son bien le plus précieux jusqu'à la découverte du journal. Vlad la souleva et découvrit au fond la forme du tatouage gravé sur le poignet d'Otis.

Il faillit faire tomber la boîte mais se reprit au dernier moment. Il quitta la pièce et passa devant la bibliothèque, attentif à rester dans l'ombre en haut des marches, là où Nelly et Mr Otis ne pourraient remarquer sa présence. Il les observa devant la porte d'entrée. Nelly tendit à Otis son chapeau en lui souriant.

– Cela m'a fait très plaisir de vous avoir parmi nous, Otis. J'espère que nous recommencerons.

– J'en serais ravi. C'était très instructif de parler avec vous, Vladimir.

Il se tourna alors vers l'escalier et croisa le regard de Vlad, pétrifié.

– Je vous dis à demain en classe. Au fait... j'aime beaucoup votre T-shirt.

12

MR CRAIG

Vlad tira son sac à dos jusqu'à l'escalier. En bas, Nelly le regardait avec un drôle d'air.

— Tu es tout pâle.

Il commença à descendre et son sac frappa bruyamment chaque marche à mesure qu'il avançait.

— Je suis toujours pâle.

— Oui mais aujourd'hui, tu ressembles à un cadavre. Est-ce que tu te sens bien ? lui demanda-t-elle en lui touchant le front.

Il la repoussa d'un coup sec.

— Pourquoi est-ce que tu fais tout le temps ça ? Je ne peux pas avoir de fièvre...

— Ce doit être l'habitude de l'hôpital. Désolée, râleur.

— C'est moi qui suis désolé, Tante Nelly. Tu as raison. Je ne me sens pas très bien aujourd'hui.

En réalité, il se sentait terriblement mal mais les bactéries n'y étaient absolument pour rien : selon le journal de son père, les vampires avaient traversé les pires épidémies de l'Histoire et, au temps de la peste noire, ils n'avaient eu à se plaindre que du pourrissement de leur nourriture.

– Tu devrais peut-être rester à la maison. Repose-toi. Je serai de garde ce soir donc je rentrerai tard. Je t'appellerai dans la journée.

Vlad lâcha son sac sur la dernière marche. Il se sentait déjà bien mieux.

– Dis-moi, avant de partir, est-ce que tu aurais déjà vu quelque chose de ce genre ?

Il sortit alors un cahier, sur lequel il avait gribouillé le symbole avec les lignes et les demi-cercles.

– Ma foi, oui. Cela ressemble drôlement au tatouage de Tomas. Où est-ce que tu l'as vu ?

– Dans un livre. Je ne me souviens pas de papa avec un tatouage.

– Si, si. Dans une encre noire épaisse, juste là, précisa-t-elle en indiquant le creux de son poignet gauche. Il l'a enlevé lorsque tu étais bébé. Je dois avoir des photos.

Vlad n'eut pas le temps de dire quoi que ce soit ; Nelly était partie dans le salon et revenait avec une poignée de photos. Elle les éparpilla sur la petite table à côté de l'entrée. Son regard devint triste en voyant un cliché de la famille de sa meilleure amie : Vlad n'était qu'un bébé et se blottissait contre sa maman. Vlad détourna les yeux, incapable de supporter la douleur que lui infligeaient ces photos. Nelly pointa alors le bras de Tomas sur une autre image.

– Voilà le tatouage.

Il inspecta le cliché de plus près. Le tatouage était la copie conforme du symbole qu'il avait vu dans le livre et sur le porche.

– Je me souviens d'une cicatrice à cet endroit. Il m'avait raconté qu'il avait eu un accident quand il était petit.

Vlad leva les yeux vers Nelly ; elle avait le visage livide et fronçait toujours plus les sourcils. Elle essuya ses larmes.

– Vlad, est-ce que je t'ai déjà parlé de mon chien Gilbert ?

La question le déconcerta.

– Gilbert était un bon chien. Il n'était pas de race particulière, il n'était même pas beau, mais il ramenait tout ce que je lui lançais et il a dormi au pied de mon lit de mes cinq ans jusqu'à plus ou moins ton âge. Puis, un soir, Gilbert a disparu. Je l'ai cherché pendant des mois, placardé des affiches dans toute la ville et pleuré pratiquement toutes les nuits. Je ne dormais plus, je n'étudiais plus. La recherche de ce chien a envahi ma vie. Enfin, mon père s'est assis avec moi et m'a révélé qu'il avait emmené Gilbert dans les bois pour le tuer.

Une nouvelle larme coula sur la joue de Nelly.

– Oh ! mon père n'était pas un monstre : Gilbert souffrait d'une terrible maladie osseuse alors il l'a achevé. Depuis ce jour, je n'ai jamais revu mon père de la même façon. Chaque beau souvenir que j'ai de lui a été enlaidi par ce qu'il a fait à mon chien. En bref, tu peux t'estimer chanceux d'ignorer certaines choses au sujet de ton père. Parfois, il vaut mieux laisser le passé là où il est.

Elle prit son sac à main et referma la porte derrière elle. Vlad posa le journal et le grand livre scellé avec le dessin sur la table basse. Il parcourut un instant le journal jusqu'à la dernière inscription, datée du jour de la mort de ses parents.

18 NOVEMBRE

Le Conseil est à mes trousses. Je suis tenté de fuir Bathory pour le calme de la Sibérie mais Mellina n'est pas au courant des dangers que nous et Vlad encourons et je refuse de leur faire subir un voyage aussi pénible. Ainsi, nous resterons ici et je ferai le nécessaire pour les défendre. Il faut protéger Vlad. À n'importe quel prix.

J'ai entreposé plusieurs objets dans le grenier de Nelly à cause du manque de place dans le nôtre. L'un d'entre eux, je l'espère, sera d'une grande utilité pour Vladimir lorsqu'il aura grandi : le Compendium de Sapience, un livre transmis de vampire à vampire depuis le début de notre ère. Tout ce qu'il doit savoir sur notre histoire, nos prophéties et nos traditions se trouve dans ce livre. Il est crucial pour Vlad d'apprendre le code elysien et d'étudier ce texte dans les moindres détails.

Je lui enseignerai cette langue dans la semaine après son dixième anniversaire. Ce soir, je suis très fatigué et dois me reposer. Parfois, je m'étonne de ma capacité à dormir la nuit. Si seulement les cauchemars pouvaient cesser.

C'était une bêtise de voler le Luxis pendant mon dernier passage à Elysia. Cela a alerté les autres de ma présence : qui voudrait s'en emparer à part moi ? Si l'on vient me chercher – aujourd'hui, demain, n'importe quand –, je me soumettrai à la volonté du Conseil en échange de la sécurité de ma famille.

Je ne fuirai plus.

Vlad referma le journal et passa les doigts sur le nom de son père.

Pour oublier sa tristesse, il alluma la télévision. Il n'y avait rien d'intéressant... il la laissa pourtant allumée pour avoir du bruit dans la maison et ouvrit son livre à une page où se trouvait une pyramide de symboles. Vlad traça les contours du tatouage de son père avec l'ongle tout en écoutant à moitié la nouvelle d'un accident de voiture qui bloquait la sortie de l'autoroute.

La voix d'une femme capta soudain son attention.

— Merci, Ted. Sans transition, un cadavre a été découvert près du Requiem Ravine ; il s'agirait du corps d'un professeur de l'école de Bathory...

Vlad bondit, attrapa la télécommande et monta le son au maximum.

— ... porté disparu depuis plusieurs mois. La police a extrait le corps de John Craig du ravin. On ignore encore les causes de la mort mais une attaque par un animal semble la plus plausible. Mr Craig avait trente-quatre ans. Un chien sauvage rôderait-il dans les rues de Bathory ? Bien que la police locale réfute cette hypothèse, le risque, terrifiant, semble pourtant bien réel. À présent, le bulletin météo.

Vlad éteignit la télévision et s'affala dans les coussins du canapé.

Mr Craig était mort.

Décédé, claqué, crevé, raide, parti, péri, emporté, occis, tombé, mangeant les pissenlits par la racine, trépassé, inanimé, hors service, sans vie, de la nourriture pour asticots, fini, s'en est allé, s'est éteint, a rendu l'âme, ne reviendra pas car mort.

Tué par un vampire, Vlad en était certain.

Tard dans la nuit, il avait lu des anecdotes écrites par Tomas sur Elysia, des histoires de camaraderie et de fête ; il racontait les liens familiaux au sein du groupe et les liens du sang. Vlad s'était surpris à vouloir rencontrer ceux de son espèce, parcourir les rues d'Elysia, ce monde de vampires si lointain. Mais au final, cela relevait plus d'un conte de fées que de la réalité.

Comme le Père Noël ou la fée Clochette, mais avec des crocs.

La venue de Mr Otis avait été bien différente de ce que Vlad avait imaginé. Il s'était senti terriblement menacé par sa présence. Et qui pouvait bien être ce D'Ablo ? Un autre vampire ? Y en avait-il désormais à travers tout Bathory, venus pour le traquer ? Un seul d'entre eux avait-il eu l'idée de regarder dans l'annuaire ? Bathory comptait moins de deux mille habitants ! Si Mr Otis avait eu l'intention de le tuer, pourquoi ne l'avait-il pas fait après dîner ? À quoi jouait-il ?

Si Mr Otis venait d'Elysia, pourquoi aurait-il tué Tomas ? Le père de Vlad était-il un criminel ? Et quelle était la place de Vlad dans tout ça ? Pourquoi Otis le harcelait-il ? Il ne pouvait pas avoir enfreint la loi ; il n'avait jamais mis les pieds à Elysia. Vlad frissonna. Peut-être qu'il ne s'intègrerait pas là-bas non plus. Peu importait l'endroit, il serait toujours vu comme une abomination.

On sonna à la porte.

Vlad ouvrit et resta figé. Mr Otis souleva légèrement son chapeau en le regardant droit dans les yeux.

– J'étais déçu de ne pas vous voir en classe aujourd'hui, Vladimir.

Ses joues étaient pâles et creuses, comme s'il n'avait pas mangé depuis des jours.

Vlad se pinça les lèvres et baissa la tête. Il était tenté de lui claquer la porte au nez et de fermer le verrou mais les habitudes étant difficiles à perdre, il resta planté là, à attendre que son professeur en termine avec lui pour passer à autre chose.

– Je dois discuter avec vous d'un sujet urgent, Vlad. J'ai bien peur que cela ne puisse attendre.

Mr Otis posa la main contre la porte mais Vlad la bloqua avec l'épaule. Leurs visages n'étaient qu'à quelques centimètres l'un de l'autre.

— Puis-je entrer pour goûter ? Je suis certain que vous avez dans votre maison quelque chose qui satisfera mon appétit singulier.

— Personne ne vous a jamais dit que c'était impoli de menacer ses élèves ?

— Vous vous sentez menacé ?

Otis poussa la porte de quelques centimètres, pour montrer à Vlad que sa force ne suffirait pas contre lui.

— Ce n'était pas mon intention. Je veux simplement me rapprocher de vous.

Vlad cessa toute résistance. Il avait les jambes tremblantes mais il ne fallait pas que Mr Otis s'en aperçoive. Il ferma le poing, prêt à réagir au moindre geste de son professeur.

Les lèvres d'Otis se soulevèrent légèrement ; l'espace d'une seconde, Vlad crut distinguer un croc.

— Laissez-moi entrer, Vlad. Ne rendez pas les choses plus difficiles.

— Rendre quoi difficile ?

Le plancher du porche craqua soudain sous les pas de Henry qui approchait, inquiet.

Mr Otis ne savait auquel des deux s'adresser. Sans un mot, il se retourna, descendit les marches, s'immobilisa un instant et repartit.

Vlad soupira nerveusement.

– Mec, j'y suis jusqu'au cou.

Ils montèrent à l'étage. Henry expliqua à Vlad que les cours avaient été interrompus à cause de la découverte du corps de Mr Craig. Vlad lui raconta à son tour le dîner de la nuit précédente. Son ami lui tapa joyeusement dans le dos.

– Ton prof a les crocs !

– Exactement, il l'a même admis. Enfin il était à deux doigts.

Henry redescendit le premier et ouvrit la porte d'entrée. En chemin jusqu'au porche de sa maison, ils restèrent tous les deux à l'affût du moindre signe de Mr Otis.

– Je me demande comment il fait pour ne pas griller en plein jour, s'exclama Henry en levant les yeux vers le soleil.

– Peut-être qu'il met de la crème solaire, lui aussi. Ou qu'il est à moitié humain comme moi.

– Ou alors son âme est tellement noire que le soleil ne l'atteint même pas.

Pour une fois, Henry parlait sérieusement.

– Sincèrement, quel genre de type aime tourner autour des ados de sa classe ?

– Pas des ados, de moi ! Il en a après moi.

Vlad frémit en pensant qu'il serait le prochain repas d'Otis. Soudain, il comprit pourquoi Henry l'avait évité plusieurs jours après qu'il avait bu son sang.

– Dis, Henry.

– Oui ?

– Excuse-moi de t'avoir mordu quand on avait huit ans.

– Aucun problème. Évite juste de bouffer le chat, ou maman va piquer une crise.

13

LES LIENS DU SANG

Jamais Tante Nelly ne laisserait Vlad rester à la maison jusqu'à la fin de l'année scolaire ; les parents et les tuteurs se fichent bien d'envoyer leurs petits protégés entre les mains de monstres suceurs de sang, tant qu'ils ramènent des bonnes notes à la maison.

Mr Otis se tenait devant sa classe. Il avait encore les yeux rougis après l'émouvante cérémonie organisée dans le gymnase en hommage à Mr Craig. Il n'avait pas dit un mot ni même lancé un seul regard à Vlad depuis leur conversation sous le porche. Quand il se décida à parler, sa voix se brisa dès le premier mot :

– Merci à tous d'avoir rendu des rédactions aussi merveilleuses. Je les ai corrigées et, comme aujourd'hui vous pouvez partir plus tôt en ce jour consacré à Mr Craig, je vous invite à les récupérer en sortant. Bon week-end, mesdemoiselles et messieurs.

Vlad rangea son cahier dans son sac. En longeant le bureau de Mr Otis, il extirpa sa feuille de la pile et sortit en lisant les annotations au feutre rouge. Il avait obtenu un A ; Vlad pouvait donc parfaitement écrire du point de vue d'un vampire mais restait en revanche incapable de calculer le prix du trajet de New York à Los Angeles si l'essence coûtait 2,35 dollars le gallon et que sa voiture parcourait quarante kilomètres avec un gallon.

Soudain, Vlad s'arrêta sur les mots gribouillés en bas de la dernière page : « Je connais votre secret. Je sais que vous êtes un vampire. »

Tout à coup, une main sur l'épaule de Vlad le fit sauter au plafond.

– Je dois m'entretenir avec vous en privé, lui dit Mr Otis.

Vlad décida de se comporter comme en cinquième lorsque Nelly lui avait demandé qui avait cassé la vitre de Mr Snelgrove : nier tout en bloc.

– Écoutez, s'il s'agit du contrôle de ponctuation...

– Vous savez de quoi je parle. Allons marcher, moi et vous.

– Vous et moi.

– Pardon ?

– Allons marcher, *vous et moi*.

Vlad lança un regard vers les portes de l'école ; elles n'étaient qu'à trois mètres de lui.

– Sérieux, vous êtes prof. En plus, je ne me balade jamais avec des assassins.

Vlad fonça vers les portes et dévala les marches. Il restait convaincu que Mr Otis le poursuivrait mais il finit par arriver à l'hôpital, sans trace de son professeur.

Il trouva Nelly assise à la réception et, presque hystérique, expliqua la raison de sa venue.

– Mr Otis sait que je suis un vampire, lui aussi c'est un vampire, il a tué papa et maman, et Mr Craig, on doit se tirer d'ici ! On pourrait prendre un vol loin ? Aux Bahamas ? Ou en Australie ? En tout cas, au soleil.

Nelly l'écouta attentivement avant d'attraper son pull et de murmurer à l'oreille d'une collègue. Elle dirigea son neveu vers la porte et inspira profondément avant de parler.

– Calme-toi, Vladimir. Tu as l'air paniqué. Commence par me dire comment Mr Otis connaît ton secret.

Descendant la rue vers leur maison, Vlad se mit à lui raconter. Il répéta tout ce qu'il lui avait déjà dit le soir du dîner mais cette fois lui montra le mot écrit par Mr Otis au bas de sa rédaction. À la fin, Nelly ne sembla pas y voir un danger mortel, elle paraissait tout juste inquiète.

– Où se trouve Mr Otis actuellement ? Je dois le voir pour lui dire ma façon de penser. C'est étrange d'accuser quelqu'un sans preuve d'être un vampire, tu ne trouves pas ?

Du coin de l'œil, elle vit Vlad hausser les épaules. Ils poursuivirent leur chemin.

– On va régler cette affaire immédiatement, Vlad. Surtout, ne t'inquiète pas.

Il leva les yeux vers la maison. Mr Otis attendait dans le jardin. Vlad pressa le bras de sa tante et l'arrêta. Elle le tira d'un coup, pour lui prouver que ses peurs étaient irrationnelles.

– Monsieur Otis, puis-je vous voir un instant ? Il semblerait que Vlad ait mal pris un commentaire sur sa copie.

Mr Otis avait le regard fixé sur Vlad. Il avait la peau livide, la mâchoire saillante, les yeux creusés ; il devrait sans doute se reposer, se nourrir, ou les deux. Il acquiesça lentement et indiqua la porte d'un geste de la main, comme si sa galanterie allait excuser ses crimes.

Vlad s'écarta de Nelly et resta fermement collé au trottoir.

Nelly le regarda avec sympathie.

– Viens à l'intérieur, Vladimir. Discutons tous ensemble. Tu te sentiras mieux après, je te le promets.

Otis fit un pas en avant et, malgré sa peur, Vlad ne flancha pas.

— Oui, Vladimir, venez à l'intérieur. Il ne faudrait pas que votre secret soit révélé en public, n'est-ce pas ?

Vlad ne répondit pas. Dans sa tête défilaient encore et encore les lettres écrites au feutre rouge sur sa copie, le chapeau dans la maison de Mr Craig, les corps de ses parents réduits en cendres : un cycle de pensées morbides.

Nelly entra dans la maison, espérant sans doute que Vlad abandonne et la suive. Il résista jusqu'à ce qu'Otis entre à son tour et ferme la porte derrière lui. À l'intérieur, il entendit la voix d'Otis dans le salon :

— Fini de jouer. Vous allez m'écouter tous les deux et je pourrai ensuite accomplir mon devoir.

Vlad jeta discrètement un œil dans la pièce. Nelly était assise sur le canapé et Otis faisait les cent pas devant elle. Sa tante paraissait subjuguée.

Otis fit un signe de tête en direction d'une chaise.

— Assieds-toi, Vladimir.

Vlad regarda par-dessus son épaule vers la porte et l'escalier. Il pouvait sortir, chercher de l'aide, faire venir la police et expliquer qu'Otis était fou. Mais ce dernier tuerait certainement Nelly et révélerait au monde qu'il était un vampire. Aussi réticent était-il à écouter ce monstre, Vlad se sentait piégé. Il s'assit sur la chaise et observa Otis piétiner pendant plusieurs minutes.

– Où est le livre ?

Mr Otis était penché sur lui ; malgré la chaleur dans la pièce, Vlad était pratiquement sûr de voir de la vapeur sortir de la bouche de son professeur. Il baissa les yeux sur le livre en cuir qui gisait sur la table basse où il l'avait laissé et Otis s'en empara.

– Tu l'as lu jusqu'où ?

– Je n'en ai pas lu un mot. C'est écrit dans une langue bizarre. Je ne suis même pas sûr que ce soit une vraie langue.

Mr Otis n'en croyait pas ses oreilles. Son regard alla de Vlad au livre. Le serrant contre sa poitrine, il reprit sa marche à travers la pièce.

– Ton père ne t'a jamais appris le code elysien ? La langue vampirique ?

– Comment connaissez-vous mon père ?

– Est-ce qu'il t'a appris le code ? hurla Otis.

– Je ne sais pas de quoi vous parlez.

Vlad leva les yeux vers Nelly, qui hocha la tête. Sans surprise, elle aussi ignorait totalement ce dont il s'agissait. Tomas s'était toujours montré *très* secret quant au monde des vampires.

– Alors tu ne sais rien, dit Mr Otis avant de poursuivre d'une voix presque imperceptible. Est-ce que Tomas t'a parlé d'Elysia ? Du monde des vampires ?

Tout à coup, Vlad fut pris d'une faim insatiable. Il se voyait déjà mordre le cou de son professeur, lui percer la peau avec ses dents et sentir le jus couler dans sa gorge et remplir son estomac. Il voulait goûter le sang de Mr Otis et se fichait bien de devoir le blesser pour ça. Il ferma brutalement les yeux, les rouvrit, et retrouva toutes ses facultés. Mr Otis était peut-être un monstre mais Vlad n'avait rien à voir avec lui.

– Pourquoi me posez-vous toutes ces questions ? Je ne sais rien. Laissez-moi tranquille.

– Je peux lire dans ton esprit comme dans un livre ouvert. Il t'a parlé d'Elysia, quand il te racontait des histoires pour t'endormir le soir, à la manière des contes de fées. Il t'en a dit si peu. Il ne t'en a même pas dit le nom, te laissant de fausses images au fond de ton imagination.

Otis secoua la tête et revint à lui.

– Le journal !

Il ouvrit grand la bouche, révélant ses crocs. Nelly poussa un cri.

– Ton père était un hors-la-loi, Vlad. Il a quitté Elysia par amour pour ta mère. Dévoiler sa nature vampirique à des humains est interdit, sans parler de s'engager dans une relation amoureuse avec un d'entre eux. Ceux qui pèchent sont traqués et on leur retire la vie en punition de leurs crimes.

Même s'il essayait de l'éviter, une larme coula du coin de l'œil de Vlad. Il ne voulait pas pleurer, pas devant l'assassin de ses parents, pas avant sa propre mort. Il tenta de détourner le regard des crocs d'Otis mais ils étincelaient dans la faible lumière. À côté de lui, Nelly tremblait sur son siège et bafouillait. Il scruta alors Otis droit dans les yeux.

– C'est donc pour cela que vous avez tué mes parents. Mais pourquoi tuer Mr Craig ? Et pourquoi nous tuer nous ? Nous n'avons enfreint aucune de vos lois.

Mr Otis se figea, comme si Vlad venait de le frapper en pleine poitrine.

– C'est ce que tu imagines ? Non, Vlad. Je ne pourrais jamais... non, je serais incapable de te tuer. Je ne pourrais jamais m'en prendre à un membre de ma famille.

Les crocs d'Otis rétrécirent légèrement.

– Vladimir, je suis le demi-frère de Tomas. Ton oncle.

– Quoi ?

Cela n'avait aucun sens, c'était de la folie.

Nelly les dévisagea nerveusement.

– Mon oncle ? Mais vous avez tué mes parents et Mr Craig.

– Certainement pas.

– Alors pour l'amour du ciel, s'écria Nelly, pourquoi nous faire une telle peur ?

Mr Otis leva les mains, ses paumes en évidence, priant qu'on veuille bien l'excuser.

– Je suis désolé. Je n'avais pas l'intention de vous effrayer. Il fallait que vous m'écoutiez. Chaque fois que j'ai essayé de te parler, Vlad, tu es parti. Tu dois me dire ce que tu sais au sujet de Tomas et Mellina, et ce qui leur est arrivé exactement.

Il s'assit sur le canapé, les coudes sur les genoux, balayant ses cheveux de son visage.

– L'annonce de leur mort m'a choqué. En réalité, après la disparition de Mr Craig, je me suis porté volontaire pour le remplacer afin de te retrouver. Je pensais que, grâce à toi, je retrouverais Tomas. Je n'ai jamais eu l'intention de vous faire du mal, à toi ou à tes parents. Je n'ai songé qu'à te protéger de la justice vengeresse d'Elysia.

Des larmes lui couvrirent les joues ; Vlad se sentit soudain petit et insignifiant. L'homme qu'il avait traité de monstre était plus courageux que lui. Il avait même le courage de pleurer.

Nelly alla poser une main rassurante sur l'épaule de Mr Otis.

– Nous ignorons ce qu'il s'est passé. Leur mort était un accident. Un immense mystère pour nous tous.

Malgré la douleur, Vlad se força à parler :

– Où se trouve Elysia ?

– Tout autour de toi, soupira Otis. Elysia n'est pas un lieu qu'on visite. C'est le nom de la société des vampires. La coexistence de ses membres constitue l'essence même d'Elysia. Le Conseil, lui, se réunit à Stokerton. Tout ce que tu dois savoir se trouve dans le livre. Je pourrais t'enseigner le code, si tu veux. Mais pas maintenant, quand tu seras en sécurité.

Il dirigea son regard vers la porte, comme si un danger allait en surgir d'une seconde à l'autre.

Vlad attrapa le livre. Des millions de questions le tiraillaient.

– Mais votre chapeau... et ce symbole...

– Tu dois me faire confiance, Vladimir. J'aimais ton père. Nous étions plus que des frères, nous étions les meilleurs amis du monde. J'ai souffert de son départ, quand il a choisi ta mère au lieu d'Elysia, mais c'était son choix et je l'ai respecté.

Il souleva sa manche et montra son poignet. Vlad ne savait plus où se mettre, lui qui avait accusé son propre oncle d'être un meurtrier. Quand Otis tourna son poignet, le symbole se mit à briller, comme le dessin que lui et Henry avaient découvert dans le bureau de son père et celui sur le livre qu'il tenait dans ses mains.

– Mon symbole correspond à mon prénom en code elysien. Quand un vampire jure de protéger quelqu'un, il appose son symbole sur un objet qui appartient à cette personne. On appelle ça le « marquage ». On avertit ainsi celui qui voudrait blesser la personne que le mal infligé lui sera renvoyé par celui à qui appartient la marque. Les vampires sont attachés à l'honneur. Apposer sa marque ne se fait pas à la légère. Ton père avait marqué Mr Craig, jurant de le protéger, en gravant son nom sur le porche de sa maison, comme j'ai gravé le mien sur la boîte dans ta penderie. Malheureusement, quelqu'un a violé la marque de ton père.

– Alors *qui* a tué Mr Craig ? intervint Nelly.

– D'Ablo, mais je ne comprends pas pourquoi. Il aurait pu se nourrir de n'importe quel habitant de Bathory. À vrai dire, il ne s'est pas gêné, sur une jeune femme. Mais qu'il ait pu s'attaquer à quelqu'un marqué par Tomas me dépasse complètement. Peut-être espérait-il le faire enrager, pour qu'il sorte de sa tanière. Tout Elysia est persuadé qu'il se cache.

Otis alla à la fenêtre et entrouvrit les rideaux. Il faisait déjà nuit noire et un orage menaçait d'éclater.

– Qui c'est ce D'Ablo ? demanda Vlad.

Amemet, habituellement détendue, bondit d'un coup et se mit à crier en direction de la grille, où approchait une ombre. Vlad sursauta à son tour et essaya de jeter un œil par la fenêtre, le cœur battant.

– Le voilà, répondit Otis. C'est le président du Conseil d'Elysia. Tu te souviens de lui, c'était avec lui que je parlais quand tu étais dans l'arbre l'autre soir.

Vlad rougit en réalisant qu'il s'était fait griller. Nelly marmonna quelque chose ; Vlad ne comprit que le mot « grondé ».

– Nous devons te cacher, s'exclama Otis en tirant les rideaux. D'Ablo compte te ramener à Elysia pour te punir des crimes de ton père, de ta propre existence.

– Je peux me cacher dans le grenier.

– Je viens avec toi. D'Ablo ne doit pas me voir.

Ils se précipitèrent jusqu'au grenier, refermant la porte derrière eux. Otis s'assit sur le plancher et ferma les yeux.

– Et Nelly ?

– Tais-toi, j'essaye de me concentrer.

– Mais elle est restée en bas.

Otis gardait les yeux clos ; ce n'était pas la peine d'insister. Son oncle tentait de pénétrer l'esprit de Nelly mais il ne vit que des images confuses, dans un désordre absolu.

– Tu essayes d'embrouiller son esprit ? demanda Vlad.

– Je veux lui faire croire qu'elle ignore tout de nous deux. Ainsi, elle sera protégée de D'Ablo. Maintenant, chut !

Soudain, Otis rouvrit les yeux.

– Il l'a emmenée !

Vlad n'avait pas le temps de digérer ses mots que déjà Otis s'était lancé dans l'escalier et courait à la porte d'entrée. Vlad se précipita derrière lui en appelant sa tante. Il aperçut Otis appuyé contre le cadre de la porte.

– Où est-elle ?

– Il l'a emmenée à Elysia, certainement pour l'utiliser comme appât et t'attirer jusqu'à lui.

Sa colère croissait, et Vlad sentit ses crocs s'allonger à leur maximum en seulement quelques secondes. Il scruta l'obscurité au-dehors.

– C'est parti.

Il dépassa Otis et s'engagea dans la rue, cherchant la trace de D'Ablo et de Nelly à l'horizon.

Otis le rejoignit et posa la main sur son épaule pour le calmer.

– Où crois-tu aller ?

– À Elysia. On va sauver ma tante.

– Vladimir, c'est exactement ce qu'il cherche

– Alors on va lui faire plaisir.

14
ELYSIA

Otis comprit en voyant son visage que Vlad ne plaisantait pas.

– Si tu es sérieux, allons-y. Est-ce que tu maîtrises déjà tes pouvoirs de métamorphose ?

Le jeune vampire ne put lui répondre que par un regard éteint

– Bon, alors on ne va pas voler. Il va falloir conduire mais nous avons besoin d'un grison pour surveiller la voiture. Est-ce que tu en as un ?

Vlad resta bouche bée ; dans son état, ses crocs se mirent à rétrécir.

– Un quoi ?

– Un grison.

Otis attendait que son neveu ait une illumination mais rien ne se passa et, agacé, il soupira un grand coup.

– Est-ce que tu as un humain que tu contrôles ? Qui obéit à tes ordres et qui suit ta volonté sans résistance ?

Vlad se mordit la lèvre inférieure, sans réaliser que ses canines restaient malgré tout sorties, et se suça le sang en vitesse.

– Eh bien, on va dire Henry.

Il était pratiquement sûr que Henry n'aimerait pas savoir qu'on le traite d'esclave humain pour vampire mais c'était la première personne à laquelle il avait pensé.

– Mais il ne fait presque rien de ce que je lui demande.

– Tu demandes ou tu exiges ?

– C'est mon ami, répondit Vlad qui ne comprenait pas où Otis voulait en venir. Je lui demande.

– La prochaine fois, exige. Les grisons n'ont pas à résister à leur maître. Appelle-le tout de suite. Exige qu'il nous retrouve à ma voiture dans une heure.

Otis semblait déterminé, affamé. Vlad en eut des frissons.

– Pourquoi est-ce qu'on ne partirait pas maintenant ?

– Parce que nous devons manger.

Vlad ralentit le pas.

– Alors où est-ce que tu vas ? Le congélo est plein.

Il connaissait la réponse mais n'avait aucune envie de l'entendre.

Otis s'arrêta et le regarda comme s'il était le plus grand imbécile au monde.

– On va se trouver un humain. Nous devons manger, Vlad.

– Manger... *quelqu'un* ?

Vlad en avait l'estomac complètement retourné. Le sang a certes bon goût, mais celui de ses voisins, c'était autre chose. La prochaine fête de quartier risquerait d'être embarrassante. « Est-ce que c'est pas le gamin qui a bouffé Billy ? »

C'était hors de question.

– On dirait que tu ne l'as jamais fait.

– C'est la vérité.

Vlad baissa les yeux ; il se sentait honteux sans vraiment s'expliquer pourquoi.

Alors qu'une femme en survêtement bleu passait à côté d'eux, Otis sembla indécis et oscilla entre elle et son neveu.

– Tu n'as jamais prélevé le sang à sa source ?

Vlad pensa lui raconter l'anecdote avec Henry mais y renonça.

– J'ai toujours bu à la bouteille ou dans une poche.

Otis écarquilla les yeux, estomaqué.

– Alors tes parents...

– Papa insistait pour que l'on mène une vie aussi normale que possible.

– Ce n'est pas normal, Vlad. Aucun vampire ne devrait vivre de cette façon et je doute que ton père suivait ses propres règles. La faim est incontrôlable. Tu finiras par te nourrir de quelqu'un. Inutile de résister.

Vlad s'éloigna de lui. Otis n'était sans doute pas un débutant mais il n'avait aucun droit de spéculer sur la vie de Tomas après son départ d'Elysia. Tomas se nourrissait de poches de sang. Vlad le savait, il l'avait vu faire.

— Je te prouverai le contraire.

Il retourna alors à la maison. Au début, il n'entendit pas Otis derrière lui et s'attendait presque que son oncle soit parti en chasse de la jeune femme quand soudain il remarqua des pas qui faisaient écho aux siens. Vlad eut un sourire triomphal.

***

Henry arriva une heure plus tard et lança à Vlad des regards inquiets.

— Qu'est-ce qu'il se passe ? Pourquoi la voiture de Mr Otis est garée dans ton allée ?

Otis rangeait le sac à dos de Vlad rempli de poches de sang dans le coffre de sa voiture.

— Viens ici, grison ! Prépare la voiture et on y va.

– Comment il vient de m'appeler, là ? demanda Henry à son ami.

– Laisse tomber, je t'expliquerai. Va l'aider, d'accord ? Quelqu'un a enlevé ma tante. On doit la sauver.

Henry accepta. Visiblement, il se posait beaucoup de questions mais il courut donner un coup de main à Otis.

Vlad sourit. Un grison ne serait finalement pas une si mauvaise idée : son sac de cours devenait de plus en plus lourd au fil des années... sans parler des montagnes de devoirs accumulés.

Ils entrèrent tous dans la voiture, Henry à l'arrière, Vlad sur le siège passager et Otis au volant. À la sortie de la ville, Vlad se racla la gorge avant de s'adresser à son oncle :

– Tu... tu es donc venu à Bathory pour protéger mon père, pas pour le ramener à Elysia ?

Otis sourit brièvement à son neveu.

– Oui, Vlad. Le Conseil a soutenu ma démarche, sachant que je suis probablement la seule personne à laquelle ton père se serait rendu. Évidemment, on ignore que je suis venu le prévenir et non pas le piéger.

– Comment fait-on pour y aller ? À Elysia...

Étonnamment, il entendit Henry qui ronflait déjà sur la plage arrière. Ce type pouvait s'endormir en allant à sa boîte aux lettres.

– As-tu remarqué, Vlad, que les manuels d'histoire n'abordent jamais la question de l'origine des villes ? On théorise, oui, en mettant en avant les Égyptiens, les Grecs et les Romains, mais les historiens ne savent pas d'où provient le principe même de zones métropolitaines. Du moins, les historiens humains.

– Tu veux dire que ce sont les vampires qui ont conçu le modèle des villes ?

– En effet. Quel meilleur endroit pour se cacher, pour une race supérieure, que de se fondre au milieu d'une population gigantesque, où les immeubles grouillent de monde quelle que soit l'heure, et où un cadavre n'est finalement qu'une victime de plus à ajouter à une longue liste de noms ?

Otis sourit, fier de son héritage ou, plutôt, de *leur* héritage.

– Nous avons également inventé le latin, les échecs et la PlayStation.

Vlad remua sur son siège. Il pouvait croire les histoires de son oncle au sujet de vieux trucs comme le latin ou les échecs mais la PlayStation certainement pas !

– Et Sony dans tout ça ?

– Selon toi, qui dirige Sony ?

Otis leva malicieusement un sourcil et, malgré son malaise, Vlad rit de bon cœur.

Il s'appuya alors contre la portière et somnola jusqu'à l'arrêt de la voiture devant un immeuble de bureaux haut de treize étages dans le centre-ville de Stokerton, à environ une heure au nord de Bathory. Il se frotta les yeux et donna un petit coup sur le genou de Henry qui ronflait encore. Otis ouvrit la boîte à gants et sortit un petit pistolet à eau. Il le tendit à Henry.

– C'est du jus d'ail pur. Si quelqu'un rôde autour de la voiture, asperge-le. N'écoute pas ses explications et ne le laisse pas s'approcher de toi. Asperge-le et remonte la fenêtre. Garde les portières fermées tant que Nelly, Vlad ou moi ne sommes pas de retour. Et ne va pas nous asperger Vlad ou moi, ça pourrait être terriblement douloureux. Si le jus nous entre par la bouche ou par une plaie ouverte, on pourrait en mourir. Sois extrêmement prudent, grison.

Une fois Otis sorti de la voiture, Henry agrippa Vlad par la manche.

– Pourquoi est-ce qu'il continue de m'appeler comme ça ?

Vlad soupira. Il voulait à tout prix éviter cette conversation alors que l'on ignorait encore ce qu'il était advenu de sa tante.

— Je te raconterai. Pour l'instant, reste ici et surveille la moindre personne suspecte, d'accord ?

Henry acquiesça et se cala sur la banquette, le pistolet serré contre sa poitrine. Ce Rambo des bacs à sable allait faire mordre la poussière aux méchants.

Vlad s'extirpa à son tour de la voiture et suivit Otis à l'entrée du bâtiment.

— Si on passe par la porte principale, on risque de se faire repérer.

— On s'est déjà fait repérer.

Avant d'entrer, Otis jeta un dernier coup d'œil vers la voiture.

Jamais Vlad n'avait eu aussi peur de toute sa vie.

L'ascenseur sentait un étrange mélange de cannelle et de moquette moisie. Un vieil homme et une femme en tailleur bleu marine, les cheveux en chignon serré, entrèrent après eux. Otis leur sourit à peine, hypnotisé par le panneau des boutons. Après un premier arrêt, l'homme sortit. Otis se pencha par-dessus la jeune femme avec un regard de séducteur. Il toucha alors un dessin caché dans le bois à côté du panneau, qui se mit à briller.

Le panneau glissa légèrement vers le bas, dévoilant un nouvel ensemble de boutons. Otis appuya sur « HALL » et la femme sur le 4. L'ascenseur entama sa descente. Au quatrième étage, la femme mystérieuse sortit sans dire un mot. Otis se reposa contre la rampe.

– Tu ne t'attendais pas à ça ?

– J'imaginais plutôt des chauves-souris et la lune menaçante au-dessus de nos têtes.

Otis ricana. La porte s'ouvrit enfin et révéla un hall élégant avec un sol en marbre, des canapés de cuir noir et une immense horloge à pendule accolée au mur du fond. Vlad marcha derrière Otis jusqu'au comptoir. Son oncle eut une brève conversation avec la réceptionniste puis ils s'assirent sur un des canapés et attendirent.

– On se croirait dans une entreprise, tu ne trouves pas ? demanda Vlad.

– Comment ça ?

– Tu ne trouves pas ça bizarre qu'au beau milieu de la nuit, on atterrisse dans un monde où les vampires sont la norme pour finir dans un hall d'immeuble à attendre qu'on vienne nous chercher ?

Otis ne comprenait absolument pas où son neveu voulait en venir. Vlad s'enfonça dans son fauteuil, les bras croisés.

– Laisse tomber. Ça me paraît étrange, c'est tout.

– Vlad, je crois que tu regardes trop de films.

La superbe rousse derrière le bureau se leva enfin.

– Monsieur Otis, vous pouvez y aller.

Elle se rassit, sans oublier de lancer un petit clin d'œil à Vlad.

Otis se leva, essuya inutilement son pantalon avant de pointer du doigt les doubles portes à gauche de la réception.

– On y va, Vlad ?

Son neveu était persuadé que c'était une mauvaise idée mais se leva malgré tout.

Derrière ces portes, ils découvrirent une pièce particulièrement sombre, éminemment plus terrifiante que la première. D'immenses tapis de soie couvraient le sol, menant à une énorme table noire polie tout au bout, et de hautes fenêtres étroites perçaient le mur sur toute sa longueur. Six hommes et trois femmes étaient assis face à eux, devant une gigantesque cheminée noire.

Otis attrapa Vlad par le bras et le tira violemment devant le groupe.

Vlad trébucha et tomba au sol. Il se tourna vers Otis sans rien comprendre.

Otis redressa les épaules fièrement.

– Cher Conseil, comme il m'a été demandé, je vous amène le fils de Tomas Tod.

Le grand vampire au milieu du groupe croisa le regard de Vlad, qui reconnut immédiatement D'Ablo.

– Nous te remercions de tes efforts, Otis. Même si le résultat semble avoir pris une éternité.

– Je vous prie de m'excuser. Il m'a fallu plus de temps que prévu pour retrouver ce garçon. Et je devais m'assurer qu'il était bien le fils de Tomas avant de vous l'amener. J'espérais retrouver Tomas également, afin de vous offrir une surprise mais ce gamin est intelligent. Il ressemble tellement à son père. Je crains que retrouver Tomas ne prenne encore plus longtemps.

Mais de quoi parlait-il ? Tomas était mort. Il le savait.

D'Ablo fit glisser une petite pile de feuilles à sa voisine, qui commença à écrire sur chacune d'elles.

– Nous trouverons Tomas en temps et en heure. Bientôt, je parie, avec l'aide de ce garçon.

Vlad entrouvrit les lèvres pour prendre la parole mais seul un murmure sortit de sa bouche :

– Mais mon père est mort.

– Beau travail, s'exclama D'Ablo avec un signe de tête. En récompense, reçois la gardienne de l'enfant. Nous n'avons plus besoin d'elle, de cette...

Il regarda alors un des papiers devant lui

– ... Nelly.

Vlad se releva difficilement ; il avait les jambes en guimauve. Cette fois plein d'appréhension, il jeta encore un œil vers son oncle

– Otis ?

Mais Otis ne lui adressa pas un regard. Il fixait D'Ablo droit dans les yeux.

Vlad, horrifié, remarqua son sourire en coin.

Il attrapa sa manche mais Otis le rejeta du revers de la main.

– Mais ? Non ! Tu es mon oncle ! Tu dois m'aider !

Soudain, une multitude de mains apparurent de nulle part et agrippèrent Vlad par les épaules.

Otis s'en alla vers la porte, sans même se retourner.

Vlad se débattit autant que possible contre les gardes. Il finit par se libérer mais ils lui attrapèrent les bras et le soulevèrent du sol. De haine, les crocs de Vlad jaillirent instantanément.

– Otis ! Tu es malade ! Comment as-tu pu ?

Otis s'arrêta en entendant ses cris. Il s'approcha de Vlad, l'air hargneux.

– Vladimir, comment m'en empêcher ? Je suis chez moi ici, avec ma famille. Toi... tu ne seras jamais qu'une erreur commise par mon frère.

De chaudes larmes coulèrent sur les joues du garçon. Il baissa la voix, priant pour que l'homme qu'il voyait en Otis, celui auquel il avait cru, l'entende et mette un terme à cette folie.

– Ne lui fais pas de mal, Otis. Ne fais pas de mal à Nelly.

Otis entrouvrit les lèvres, dévoilant ses crocs luisants, et se dirigea vers la porte. Après quelques pas, il disparut. Ce traître allait devenir un assassin.

D'Ablo se racla la gorge.

– Vladimir Tod... Cela fait bien longtemps que je te cherche. Tu n'as pas été facile à dénicher, tu sais.

Vlad continuait de scruter la porte, espérant voir Otis revenir et arranger les choses. En vain.

– D'autant que tu étais aidé. À présent, petit, dis-moi qui t'a permis de te cacher d'Elysia.

Vlad essuya ses larmes avec sa manche. Il fallait gagner du temps pour décider d'un plan.

– Personne. Et je ne me cachais pas. D'ailleurs, je n'ai découvert que vous existiez il y a seulement peu de temps.

– Tu savais sûrement qu'il y avait d'autres vampires à part toi.

Vlad compta les vampires autour de lui. Ils étaient treize, gardes compris. Il arriverait sans doute à se libérer d'eux et à échapper au reste du groupe. Mais après ?

– Non. Il y a encore quelques semaines, je croyais être le dernier.

D'Ablo contourna la table, agrippa de sa main gantée la mâchoire de Vlad et examina son visage avec attention.

– Tu dois ressembler à ton père quand il avait ton âge. Les mêmes yeux... les mêmes cheveux... oui. Je suppose qu'en vieillissant, tu deviendras le portrait craché de Tomas. Et sans châtiment, tu suivras certainement les traces criminelles de ton père.

– Châtiment ? Mais je n'ai rien fait.

– Ton père était un homme intelligent, Vladimir, pour réussir à échapper à ce Conseil pendant près de quatorze ans. Dis-nous où il se trouve et tu vivras. Où est Tomas Tod ?

Vlad se pinça les lèvres, détournant les yeux de D'Ablo. Il eut alors comme un déclic et relâcha ses muscles.

– Où est Tomas Tod ? répéta calmement le vampire.

– Il est mort, répondit Vlad d'une voix qu'il ne maîtrisait plus, qui semblait même ne plus lui appartenir.

Le vampire fit un signe de tête avant de se concerter avec ses compagnons. Quand ils parvinrent à une décision, le Conseil entier expédia Vlad d'un geste de la main. Les gardes resserrèrent leur prise et le tirèrent vers une nouvelle porte. Le calme qu'il avait ressenti disparut et il tenta encore une fois de se libérer.

– Où est-ce que vous m'emmenez ?

La porte s'ouvrit et Otis apparut devant lui, le col déchiré, la langue pendue pour lécher le sang sur sa lèvre. Vlad bondit, horrifié.

– Tu l'as tuée. Sale monstre... tu as tué Nelly !

Il jeta de grands coups de pied devant lui, faisant perdre l'équilibre aux gardes. En un clin d'œil, il se libéra et se précipita sur Otis, le poing levé.

Otis l'arrêta et lui tordit le bras. Il le tint fermement et prit un ton enjoué, les lèvres à quelques centimètres de son oreille :

– Voyons, Vladimir, tu ne t'en prendrais pas à ton oncle tout de même ?

D'Ablo sourit et écrivit un mot sur une des feuilles restées sur la table.

– Emmène le jeune Vladimir au cachot. Et Otis, tu t'occuperas de lui selon les termes dont nous avons discuté précédemment.

Otis saisit Vlad par le col sans rencontrer de résistance. Vlad était trop épuisé, trop triste et trop affecté par les événements de la journée pour lutter. Il rêvait de rentrer chez lui, de manger des cookies préparés par Nelly et de jouer aux jeux vidéo avec Henry.

Henry. Qu'allait-il lui arriver ? Otis le tuerait certainement. Le spray qu'il lui avait donné ne contenait sans doute pas d'ail, juste de l'eau. Le pauvre Henry avait été dupé lui aussi. À cause de Vlad, tous ses proches étaient condamnés à souffrir.

Otis le traîna le long d'un grand couloir sombre. Au bout, il aperçut les barreaux de trois cellules, comme dans les séries policières que Nelly regardait le mardi soir. Seulement il n'y aurait plus de séries policières pour elle, plus de discussions tard dans la nuit, plus de petits en-cas ni de thé. Plus de ces câlins que Vlad prétendait détester, plus de ces conversations qui, prétendait-il, l'ennuyaient.

Plus de Nelly.

Otis ouvrit la porte d'une cellule et jeta Vlad à l'intérieur.

Le sol était couvert de paille, comme une grange pour le bétail. Vlad trembla en imaginant Nelly dans cet espace minuscule.

Otis l'enferma avec lui dans la cellule. Il inspecta chaque recoin de la pièce, le sol et les murs. Il se tourna alors vers Vlad, l'air affamé, et murmura :

– Tu n'as aucune idée de ce qu'il se passe, Vladimir.

– Oh, je crois bien que si.

Les larmes lui montaient aux yeux mais Vlad résista.

Otis se mit à faire des allers-retours, comme un animal prêt à attaquer.

– Je sais ce que tu t'imagines mais il fallait que les choses se déroulent comme ça. Je n'avais pas le choix.

– Maintenant, tu as le choix. Ne me tue pas, Otis. Je t'en prie.

– Tu ne comprends donc rien ? s'écria Otis en le secouant vivement. Si le Conseil veut te voir mort, il ne lâchera pas avant d'en avoir la preuve. Il n'y a qu'un seul moyen pour que nous nous en sortions tous les deux vivants.

Vlad comprit qu'il serait inutile de lutter : jamais il ne pourrait dissuader son oncle de suivre le plan que celui-ci avait mis au point dès le départ. Vlad baissa les yeux ; il était hors de question de pleurer une nouvelle fois devant Otis.

Dans le coin de la cellule se trouvait une plaque en métal sur le sol. Vlad distingua à côté un morceau de tissu. Le motif correspondait au vêtement que Nelly portait la dernière fois qu'il l'avait vue.

— Qu'est-ce que c'est ?

— C'est un conduit. Quand on... s'est occupé des prisonniers, on y dépose les cadavres. Il relie la pièce à l'incinérateur.

Otis parut honteux.

Tout à coup, Vlad s'aperçut qu'à ses pieds le sol était maculé de sang frais, le sang de Nelly. Cette vue lui donna des haut-le-cœur.

— Comment as-tu pu, Otis ? Comment as-tu pu faire ça à Nelly ? Comment peux-tu me faire ça ?

C'en était trop. Otis s'empara du sac à dos de Vlad, l'ouvrit et montra les poches de sang. Trois d'entre elles étaient vides.

— Ce n'est pas le sang de Nelly, Vladimir. Je suis de ton côté.

— J'en ai vraiment marre de tous ces jeux, Otis. Qu'est-ce qu'il se passe exactement ?

Son oncle se rapprocha pour lui chuchoter à l'oreille. Vlad ne put s'empêcher de reculer d'un pas.

– Nelly est dans la voiture. Je suis revenu pour toi. Le sang m'a servi à convaincre Elysia qu'elle était morte.

– Mais pourquoi tu m'as balancé à ces gens ? Et pourquoi dire des choses... aussi atroces ?

Otis sortit deux nouvelles poches, mordit dedans et commença à répandre le sang sur le sol.

– Je suis désolé. C'était une ruse minable pour gagner du temps afin de sauver ta tante... et toi.

– Une ruse ? Ils auraient pu me tuer ! Et Henry dans tout ça ?

– Il va bien, répondit Otis en rangeant les poches vides. Mais nous devons faire vite. D'Ablo n'a pas entièrement confiance en moi. C'est pour cela qu'il est venu en personne à Bathory pour te ramener.

Il souleva alors l'énorme plaque de métal.

– Saute.

– Certainement pas ! D'Ablo et moi avons quelque chose en commun : moi non plus, je ne te fais pas confiance. J'ai des raisons, non ?

– Nous n'avons pas le temps de discuter de ça.

Otis disparut alors dans le conduit.

Vlad prit très vite une décision : s'il restait, les vampires d'Elysia le tueraient certainement. Plonger dans un incinérateur derrière le fou qui avait probablement massacré sa tante n'était pas très réjouissant... mais Vlad n'avait pas d'autre choix. Il s'accroupit et sauta les pieds devant. Il plaqua ses chaussures contre les parois en métal pour se ralentir et ne pas tomber sur son oncle, quelques mètres plus bas.

– Je suis content que tu me suives. Par ici !

Otis ouvrit alors une petite contre-porte et s'engouffra dans le passage ainsi dévoilé. Vlad lui emboîta le pas. Otis arrivait à peine à se faufiler dans le conduit d'aération. Après quelques mètres, le tunnel finit par s'élargir et le métal laissa la place à la poussière et à la terre.

Le tunnel paraissait infini. Ni Vlad ni Otis ne dirent un mot avant que ce dernier n'ouvre une trappe ronde et que la lumière de la lune éclaire le petit passage.

– Tomas et moi avions creusé ce tunnel avant son départ d'Elysia, quand il était encore vice-président du Conseil.

Vlad s'extirpa enfin, ravi de poser les pieds au sol. Otis se mit à chercher la voiture.

– Ton père était un homme bien.

À l'entrée d'une allée, Henry faisait des grands gestes. Vlad accourut vers lui et son ami regarda par-dessus son épaule en direction de la voiture toute proche. Nelly se tenait appuyée contre le véhicule, apeurée et tremblante, mais en vie ! Vlad ralentit en passant à côté de Henry, qui lui donna un petit coup sur le bras, puis s'approcha de sa tante en soupirant, soulagé. Il n'aurait pas supporté de la perdre, pas après la mort de ses parents. Elle était plus qu'une simple tutrice, Nelly était son amie, sa famille. Avec elle, tout allait toujours bien et si elle avait disparu, les choses auraient changé à jamais. Elle lui sourit et il la serra dans ses bras. Vlad éclata en sanglots. Elle avait failli mourir. Il avait failli être orphelin... pour la seconde fois. Nelly l'embrassa à plusieurs reprises sur le front. En silence, il jura qu'il la protégerait aussi longtemps que son sang coulerait dans ses veines.

Soudain, un rire glacial résonna dans l'air.

– Tiens, tiens, comme c'est touchant.

Vlad découvrit D'Ablo derrière lui, accompagné de quatre gardes imposants.

– Petit, tu pensais pouvoir échapper aussi facilement au passé de ton père ? Tu pensais que j'étais aveugle face aux tentatives pitoyables d'Otis de te garder loin de moi ?

Il retira son manteau noir, qui tomba au sol.

Otis jeta un regard à Nelly, qui ordonna à Henry de rentrer dans la voiture. Elle attrapa Vlad par l'épaule mais il la rejeta.

D'Ablo fit un seul pas en avant, les yeux braqués sur le jeune vampire.

– Nous ne pouvons pas tenir ce garçon pour responsable des crimes de son père, intervint Otis en s'interposant entre les deux.

– C'est moi qui dirige le Conseil, Otis. C'est à moi de décider de son sort.

D'Ablo fit signe à un garde, qui saisit Otis.

– Je ne te laisserai pas lui faire de mal.

Miraculeusement, Otis parvint à repousser la brute et se précipita sur D'Ablo.

Ce dernier observa la scène avec amusement. Quand ils se retrouvèrent nez à nez, D'Ablo le gifla si fort que Vlad crut entendre des os craquer. Otis atterrit dans les bras des trois autres et ils le jetèrent par terre avant de l'immobiliser.

Vlad devrait affronter D'Ablo seul.

Son cœur se mit à battre violemment. Détendu, son adversaire affichait un petit sourire en coin. Avait-il souri aussi en tuant ses parents ?

Le garçon sentit monter les larmes mais il devait rester concentré face aux poings serrés de D'Ablo. Non seulement il affrontait l'assassin de ses parents, mais il risquait lui aussi de mourir par sa faute.

Vlad déglutit et se tint droit, essayant de se donner une contenance. Sa lèvre inférieure tremblait légèrement. Il fixa D'Ablo droit dans les yeux.

Le président du Conseil rajusta ses gants en cuir noir et sourit triomphalement.

– Alors, Vladimir, as-tu un dernier mot à dire avant que j'exécute la sentence ?

Vlad ne bougeait plus et respirait à peine mais il avait passé pratiquement toute l'année à fuir ceux qui voulaient s'en prendre à lui ; cela avait trop duré.

– Dans son journal, mon père parle d'Elysia. Il dit que c'est un monde de fraternité et de camaraderie. Il a oublié de parler des enfoirés égocentriques et mal fringués.

D'Ablo se figea. Sa posture ne changea pas mais il perdit le sourire. Ses crocs étincelèrent au clair de lune.

– Grandir loin d'Elysia t'a privé d'une importante leçon : respecter et craindre.

D'Ablo se trompait largement : Vlad le craignait plus que tout. D'Ablo se mit alors à avancer vers lui. À chaque pas, Vlad sentit son pouls accélérer et son esprit s'emballer. Mais il était hors de question de montrer sa peur face à l'ennemi. Ses confrontations avec Bill et Tom lui avaient au moins appris une chose : ne jamais laisser transparaître la peur.

— Mais tu vas arrêter, oui ? Tu es un cliché à toi tout seul. Tu apparais dans les allées sombres, habillé tout en noir, entouré d'armoires à glace. Et après ? Tu vas me dire que tu *viens me sucer le sang* ? Si seulement j'avais apporté mon crucifix, on aurait conclu cette affaire en moins de deux.

Vlad regarda autour de lui ; il lui fallait une arme pour se défendre suffisamment longtemps pour qu'Otis, Nelly et Henry puissent fuir.

D'Ablo rugit. Il leva la main loin derrière lui et elle siffla dans l'air.

La joue de Vlad sembla exploser tellement il eut mal et il se rattrapa en posant les mains en premier sur le sol.

— Tu devrais faire attention à ta langue, s'amusa D'Ablo, avant que je ne te l'arrache.

Vlad cracha du sang et releva les yeux vers son adversaire.

— Tu es pathétique. Si Elysia est rempli de gens comme toi, mon père a bien fait de partir.

Il plongea les mains dans ses poches. Un chewing-gum, un crayon cassé... rien de bien utile.

D'Ablo lui lança alors un grand coup de pied dans les côtes.

D'abord un craquement, puis Vlad se mit à hurler.

D'Ablo se pencha sur lui, si près qu'il pouvait sentir la respiration du vampire sur sa peau.

– Est-ce que tu vas courir comme ton père ? Ou vas-tu te lever et te battre ?

La main posée contre la poitrine, Vlad ne put retenir un sanglot. C'était donc la fin. D'Ablo allait le tuer s'il ne réagissait pas rapidement. Il fouilla ses poches arrière. Sa joue et ses côtes blessées semblaient vibrer en même temps. Dans sa tête, il se répétait : « Ne rien montrer, ne rien montrer. »

– Qu'est-ce qu'il y a, D'Ablo ? Est-ce que les vampires se moquent de toi ? Tu ressens le besoin de te défouler sur plus petit que toi, c'est ça ?

Il brandit alors un petit objet de sa poche : le cylindre noir qu'il avait trouvé dans le grenier.

D'Ablo écarquilla les yeux et recula d'un pas.

Vlad n'arrivait pas à le croire : D'Ablo ne pouvait tout de même pas avoir peur d'un truc pareil ? Ce n'était qu'une babiole de son père, pas plus dangereuse qu'un baume à lèvres. Peu importe, Vlad était prêt à employer tous les moyens à sa disposition. Il le brandit à nouveau vers D'Ablo, qui recula encore. Les hommes qui maintenaient Otis à terre murmuraient, terrifiés.

– Où est-ce que tu as trouvé ça ?

– C'est un cadeau que mon père m'a laissé avant de mourir.

Visiblement, les brutes décidèrent que D'Ablo ne méritait pas qu'on se sacrifie pour lui puisqu'ils relâchèrent Otis et se précipitèrent à l'intérieur du bâtiment. Otis se releva et nettoya ses vêtements d'un geste de la main sans dire un mot. Vlad remarqua que son oncle refusait d'approcher.

– C'est un instrument fascinant, s'exclama D'Ablo en forçant un sourire. Est-ce que je peux le voir de plus près ?

– Reste où tu es !

Mais D'Ablo paraissait soudain plus détendu, comme s'il avait eu une illumination.

– Ou quoi ? Un véritable vampire ne pointerait pas un Luxis vers un autre sans la ferme intention de s'en servir. Donc soit tu fais semblant de me menacer le temps de comprendre comment on l'utilise, soit tu réalises à peine le pouvoir que tu détiens entre tes mains.

Il s'avançait, les crocs déployés. Une faim intense se lisait dans ses yeux.

Vlad détourna son regard de D'Ablo. Il respirait par à-coups. Ses doigts tremblaient autour du cylindre. L'extrémité pointée de son côté affichait le dessin du tatouage de son père, identique au symbole sur la couverture du livre.

D'Ablo marcha avec assurance. De la salive faisait briller ses canines exposées.

Vlad tenta d'oublier son ennemi une seconde et se concentra sur le livre et sur le panneau au fond de l'armoire de son père. Le glyphe apparaissait sur les deux. Et lorsqu'il l'avait touché...

D'Ablo pencha la tête en arrière et ouvrit la bouche aussi grande que possible.

... quand il l'avait touché, le glyphe s'était mis à briller. Avec Henry, non. C'était donc une barrière pour vampires, un obstacle qui empêchait les humains de toucher aux objets qui leur appartenaient. Alors si ce bâton avait le glyphe...

D'Ablo plongea en avant. Il poussa un cri grave, guttural, en fondant sur Vlad.

... peut-être, peut-être...

Vlad regarda Otis qui lui fit un signe de tête ; il n'avait pas eu besoin de la télépathie pour comprendre les intentions de son neveu.

Vlad passa le pouce sur le dessin, qui se mit à briller, et le cylindre s'agita dans ses mains. Il le serra fermement. Une éclatante lumière blanche jaillit à l'autre extrémité, remplissant l'allée d'un rayon aveuglant. Vlad ferma les yeux et repassa le pouce sur le dessin. Quand il rouvrit les paupières, la lumière, rentrée à l'intérieur du bâton, avait disparu.

D'Ablo s'allongea sur le sol en se tenant le ventre.

Ou du moins... ce qu'il en restait.

À travers le gigantesque trou dans le corps de D'Ablo, Vlad pouvait apercevoir le sol humide et sombre derrière lui. Le vampire lui dit avec un rire forcé :

– Tu penses avoir gagné ? M'avoir battu ?

Vlad serra à nouveau le tube mais Otis l'arrêta.

– C'est terminé, Vlad. Laisse-le mourir ici.

Le garçon s'agenouilla et déclara, le visage à quelques centimètres de D'Ablo :

– Ça, c'était pour Mr Craig. Et pour toutes tes autres victimes.

Du sang maculait les lèvres de D'Ablo.

– Tu crois que ça va changer quelque chose, petit ? Les vampires se comptent par milliers à travers le monde et nous faisons tous la même chose.

– Au moins ce soir, il y en aura un de moins, rétorqua Vlad en tendant le Luxis.

D'Ablo toussa, projetant une giclée de sang sur la joue de Vlad, et mourut.

***

Sur le chemin du retour, alors que Henry ronflait à côté de lui, Vlad se laissa pleurer : pour son père qu'il connaissait si peu, pour sa mère qui ne l'avait jamais autant embrassé que Nelly ce soir-là et enfin pour lui-même car le soulagement et la sensation de bien-être qu'il éprouvait cachaient une réalité obscure et troublante. Il savait qu'il lui faudrait un jour rentrer à Elysia ; le journal de son père le mènerait à y chercher les réponses aux questions encore irrésolues qu'il gardait au fond de lui.

Otis conduisait, avec Nelly sur le siège passager. L'éclat bleuté de l'écran de la radio illuminait les sièges avant et soulignait leurs contours. Son oncle et sa tante avaient discuté un moment, d'abord à voix basse puis en chuchotant. À présent, ils restaient silencieux. Et se tenaient la main.

Vlad enlaça son sac à dos et reposa la tête contre la portière. Il était trop bouleversé pour dormir et ne comprenait absolument pas comment Henry en était capable. Il regarda alors par la fenêtre et, tandis que les lumières de la ville défilaient dans la nuit, il se mit à compter les étoiles en attendant le confort de sa maison.

15

LA FIN D'UN SINISTRE VOYAGE

Henry était étendu sur le canapé du salon, déjà rendormi. Vlad lui mit une vieille couverture et rejoignit Nelly et Otis dans la salle à manger. Nelly paraissait épuisée mais soulagée et réussit à sourire. Elle poussa sa tasse de thé de côté et se leva de table.

– Messieurs, je vais me coucher. Mes vieux os ne tiennent plus la vie nocturne.

Elle embrassa Vlad sur le front, comme sa mère autrefois.

– Tu es sûr que ça va ?

– Oui, je t'assure.

Vlad s'installa en face d'Otis. Il cligna des yeux en s'asseyant, à cause de la douleur dans ses côtes. À leur arrivée à la maison, Nelly leur avait donné à lui et à Otis des médicaments contre la douleur mais ils ne faisaient pas encore effet. Avec un peu de chance, ses côtes guériraient vite et la souffrance ne serait plus qu'un lointain souvenir. Vlad scruta le sang fumant dans sa tasse, qu'il porta à ses lèvres.

Nelly salua rapidement Otis et monta à l'étage.

Otis reposa sa tasse, se racla la gorge et s'adressa enfin à son neveu :

– Je t'ai cherché pendant des années. Ce fut un vrai plaisir de te connaître, Vlad.

– On dirait un au revoir. Tu n'as pas le droit de me faire subir tout ça et de disparaître. En plus, tu es la seule vraie famille qu'il me reste.

– Je ne dirais pas cela. Nelly est une tutrice merveilleuse.

Pensif, Vlad passa le doigt sur un nœud dans le bois de la table. Évidemment, son oncle avait raison mais cela ne l'empêchait pas de souhaiter quelque chose de plus concret, un lien du sang. Nelly était géniale mais elle ignorait tout de la vie de vampire.

– Pourquoi ne m'avoir pas dit qui tu étais dès notre première rencontre ?

– Parce que j'ignorais si tu étais un vampire ou non. Avec une mère humaine, je doutais que tu avais hérité de la nature de ton père. Tu es le premier de ton espèce, Vlad. Et tu es également très doué pour bloquer la télépathie. Je ne savais pas si c'était ton don de vampire ou un sort de Tomas. Il m'a donc fallu employer d'autres moyens pour trouver, comme la présentation orale et la rédaction... et l'ail.

– Ah, merci d'ailleurs. J'ai passé ma vie entière à essayer de cacher qui je suis et toi, tu me demandes de me lever et de tout raconter à la classe. C'était pas du tout gênant, déjà.

Otis s'étira en bâillant. Dehors, le ciel devenait rose ; l'aube se préparait.

– Je devais trouver Tomas pour le prévenir que D'Ablo et le reste d'Elysia savaient qu'il était à Bathory. Je ne pouvais pas te révéler ma nature si tu étais humain, cela va à l'encontre de la loi.

Otis regarda par la fenêtre, l'air inquiet. Il sortit un petit tube de sa veste et commença à s'appliquer de la crème sur la peau.

– Mais tu l'as dit à Nelly.

– Oui, et je serais certainement puni pour ça si Elysia l'apprenait.

Otis finit de s'enduire de crème et rangea le tube dans sa poche.

Les ronflements de Henry résonnaient depuis le salon. Puis après un bruit terrible, le silence revint.

– Quand nous étions à Elysia, reprit Vlad en murmurant, tu as dit que mon père avait été vice-président du Conseil.

– Oui, il y a très longtemps.

Otis s'agita sur son siège, comme si le soleil le rendait nerveux.

– Alors raconte-moi !

– Tomas faisait déjà partie du Conseil depuis une centaine d'années quand je suis passé d'être humain à vampire, trois cents ans avant qu'il ne fuie Elysia pour t'élever.

Vlad faillit s'étouffer avec son cookie.

– On peut vivre aussi longtemps ?

– La plupart d'entre nous, oui.

Otis étendit les bras pour se rafraîchir, comme si la température dans la pièce avait grimpé d'une dizaine de degrés.

– Est-ce que je vivrai aussi longtemps ?

– Je n'en sais rien, Vladimir. Tu es... spécial.

Otis regarda autour de lui, s'assurant qu'ils étaient bien seuls.

Vlad jeta un œil derrière lui pour éviter les intrus. La nervosité d'Otis était contagieuse.

– Qu'est-ce que tu veux dire ?

– Pour transformer une personne en vampire, on partage son sang et l'on donne à cet humain une partie de notre propre essence. Mais toi... Toi, tu es né à ta façon et c'est très perturbant. Je te le répète, tu es le premier de ton espèce.

Vlad adressa un regard inquiet à son oncle.

— Maintenant que D'Ablo n'est plus là, est-ce qu'Elysia ne va pas simplement envoyer quelqu'un d'autre pour chercher mon père, et moi ?

— Non, répondit Otis avec un sourire réconfortant. Je vais expliquer au Conseil la mort de Tomas à Bathory. De plus, on sait désormais que tu détiens le Luxis et que tu sais t'en servir. On ne viendra pas à tes trousses, Vlad.

— Otis... Si D'Ablo n'a pas tué mes parents, est-ce que tu... tu sais qui les a tués ?

Otis resta muet pendant un instant puis regarda son neveu.

— Non, Vlad. Je l'ignore.

Le garçon acquiesça. Il était terriblement déçu mais pas surpris. Découvrirait-il un jour la vérité ?

— Otis, pourras-tu... pourras-tu m'enseigner tout ce que tu sais sur les vampires ? Je ne peux demander ça à personne d'autre.

— J'en serai ravi. Quand l'école sera finie, je rentrerai à Elysia et me cacherai un moment. Mais je reviendrai toujours pour toi, dès que tu auras besoin de moi.

Vlad hésita un moment.

— Et si je te disais que j'ai besoin de toi maintenant, que je veux t'avoir auprès de moi tout le temps ?

Otis ne dit rien pendant plusieurs minutes avant de relever sa manche et d'exposer son tatouage, qui se mit à briller quand il tendit le bras.

– Te rappelles-tu ce que je t'ai dit au sujet de ma marque ? Que ce symbole en langue vampirique est en réalité mon nom ? Eh bien, il me relie également à Elysia, à l'ensemble de notre fraternité. Chaque fois que j'ai peur, que je me sens seul ou triste à cause d'événements que je ne contrôle pas, je le touche et me souviens que j'appartiens à quelque chose de spécial.

Vlad tendit à son tour la main et passa les doigts sur le dessin, qui brilla en retour. Une vague de tristesse s'empara de lui.

– Un vampire obtient généralement sa marque au lendemain de sa transformation. Mais ta création est unique et, à l'époque, tu étais loin d'Elysia...

– Je suis donc passé une fois de plus à côté de quelque chose ?

Ils s'échangèrent des sourires désolés. Otis allait partir quand il fit volte-face :

– Ce serait un immense honneur pour moi de te transmettre ma propre marque, Vladimir. Bien sûr, si tu n'es pas intéressé, je comprendrais parf...

– Ça me plairait. Enfin, ça signifierait beaucoup pour moi. Est-ce que ce sera douloureux ?

– Un peu. Mais obtenir ta marque t'ouvrira des mondes dont tu ignores même l'existence.

– D'accord, conclut Vlad en se mordant la lèvre inférieure.

Otis attrapa le poignet de Vlad et tira doucement sa manche. Vlad l'observait alors que ses canines blanches s'allongeaient et s'introduisaient facilement dans la peau du garçon. Vlad se crispa d'abord au contact des dents dans sa chair, puis sa tête se mit à tourner. Otis serra le bras de son neveu, qui sentit brutalement un flux d'énergie dans ses veines, tel un feu liquide. Il avait l'étrange impression de sentir Otis en lui, dans ses veines, dans son sang, lui offrant son énergie. Soudain, il comprit son appartenance à Elysia. Il faisait partie de quelque chose de grand ; Vlad était un vampire, membre d'une famille millénaire qui ne le quitterait jamais. Jamais plus il ne se sentirait véritablement seul.

Otis éloigna enfin sa mâchoire et aida Vlad à reprendre ses esprits.

– Regarde, Vladimir. Ta marque est en train de se former.

Vlad faiblit à la vue du sang sur son poignet mais était émerveillé de voir sa peau guérir instantanément et le sang entrer dans sa chair, laissant derrière lui une étrange cicatrice brillante qui s'assombrit jusqu'à ce que le tatouage apparaisse. Il n'était pas plus grand qu'une pièce de monnaie, en tout point identique à la marque d'Otis, hormis deux traits verticaux au milieu des demi-cercles. Otis relâcha son bras et la marque perdit en intensité.

— Merci, soupira Vlad.

Il aurait voulu dire plus mais ne trouvait pas les mots.

Otis essuya une petite larme au coin de son œil et sourit. Il se dirigea alors vers la porte d'entrée et sortit.

Vlad le suivit, frottant son poignet et se sentant déjà plus fort qu'auparavant.

— Oncle Otis ? Promets-moi que tu ne m'abandonneras pas.

Son oncle se retourna alors vers lui en mettant son chapeau.

— Je te le promets. Mais tu dois à ton tour me faire une promesse.

— Oui ?

— Que tu guetteras ceux de notre famille. D'Ablo avait de nombreux amis.

Otis chercha alors ses clés dans ses poches et adressa un dernier mot à Vlad :

– Et j'exige que tu obtiennes un A à ton contrôle de vendredi prochain.

Vlad leva les yeux au ciel. Apparemment, il n'en avait pas fait assez en sauvant la vie de son professeur.

– Trois petites questions. Qu'est-ce que je fais si Henry me demande ce qu'est un grison ?

– À toi de décider. Mais je crois que ce serait préférable de lui dire.

Otis ouvrit la portière de sa voiture.

– Quoi d'autre ?

Vlad se mordit la lèvre et baissa une seconde le regard.

– Pourquoi D'Ablo détestait-il autant mon père ?

– Il ne le détestait pas. En réalité, ils étaient bons amis. D'Ablo n'obéissait qu'à sa conscience. Nous en sommes tous au même point.

Vlad plissa le front en tentant de se rappeler le mot que D'Ablo avait employé pour parler de lui.

– Et... qu'est-ce qu'un... Pravus ?

Otis scruta son neveu avec gravité et chercha un instant les mots justes.

– Ce n'est qu'une vieille légende de vampire. À propos d'un garçon qui était né vampire. Ne t'inquiète pas pour ça.

La voiture fit alors marche arrière, laissant Vlad seul dans l'allée.

Le ciel était rose vif avec des éclats dorés. Vlad observa Otis s'éloigner dans la lumière du soleil. La nuit avait été longue. Et il n'avait pas terminé ses devoirs de maths.

À l'intérieur, Henry dormait toujours sur le canapé. Nelly s'était certainement réfugiée sous sa couette à fleurs. Vlad monta l'escalier et se glissa dans sa chambre où la photo souriante de son père et de sa mère l'accueillit. Il découvrit alors au pied de son lit la plus belle des surprises.

16

LA MARQUE DU VAMPIRE

Tel l'homme qui traverse une forêt obscure cherche le répit hors des ténèbres inquiétantes et de leurs bruits effrayants et finalement fléchit en apercevant un premier rayon de lumière, Vlad s'affala lourdement à sa table le dernier jour de l'année scolaire et inspecta la classe autour de lui. Il ne comprenait pas l'intérêt d'une telle journée, à part vider son casier et le tiroir sous sa table. Le proviseur Snelgrove en faisait une condition obligatoire pour se rendre à la fête de la Liberté, un après-midi qui commençait par le dernier match des Bathory Bats, la célèbre équipe de base-ball du lycée, et se terminait par le dernier bal de l'année dans le gymnase.

Ç'aurait dû être une journée heureuse pour Vlad. Après tout, une nouvelle année annonçait un nouveau départ riche de possibilités. Bill et Tom seraient toujours là mais devraient faire face aux brutes du lycée. Henry et lui commenceraient une nouvelle vie. Mais le départ d'Otis le soir même assombrissait le tableau.

Son oncle avait eu beau lui garantir à maintes reprises qu'il reviendrait, ses mots n'avaient pas suffi à débarrasser Vlad d'une pesante sensation de vide.

Un éclat rose capta son attention. Meredith portait une jolie robe d'été. Vlad réussit à faire un sourire, qu'elle lui rendit avant de rougir et de détourner le regard. Vlad fit de même ; ses yeux tombèrent sur le tatouage au creux de son poignet. Prenant alors son courage à deux mains, il se redressa sur sa chaise.

– Salut, Meredith !

Elle leva des yeux bleus éclatants vers lui ; Vlad se sentit fondre.

– Salut, Vlad. Comment ça va ?

– Très bien. Mais ça irait encore mieux si tu m'accompagnais au bal ce soir.

– J'en serais ravie, dit-elle en dévoilant des dents blanches.

Le cœur de Vlad s'emballa tout à coup. Il ne trouva rien de plus stupide que de dire « merci » quand Mr Otis entra dans la salle, pressant les retardataires.

– Bonjour à tous. Avant toute chose, j'ai bien peur d'avoir de mauvaises nouvelles. À la fin de cette journée, vous serez tous libérés de ma tyrannie et de mes infâmes contrôles.

Des affaires urgentes m'obligent à m'éloigner de Bathory, malgré l'insistance du conseil d'administration. Ainsi, après le match de cet après-midi, je vous dirai à tous au revoir. Cependant, n'ayez pas peur. Il s'agit peut-être de mon dernier jour ici... mais vous allez tous entamer un magnifique voyage. Je suis certain que les années à venir seront nettement plus intéressantes que toutes mes heures de cours réunies.

Otis sourit à ses élèves, arrêtant un instant son regard sur Vlad.

Devant la porte ouverte, Henry attendait, sans doute en chemin vers son dernier conseil des élèves. Il avait déjà été élu président du conseil pour l'année suivante, une belle promotion après son poste de trésorier. Il fit de grands gestes à Vlad, qui lui renvoya la pareille. Il leva alors un doigt et tourna la tête une seconde. Quand il se retourna vers Vlad, il portait une paire de crocs en plastique ridicule et se mit à danser si bêtement que Vlad ne put s'empêcher de rire.

Mr Otis dévisagea les deux garçons. Il y eut un silence, puis la porte se referma d'un coup. Otis fit un clin d'œil à Vlad.

– Ce doit être le vent.

Otis écrivit au tableau le détail des dernières choses à traiter avant la fin de la journée et le début de la fête de la Liberté.

Vlad se pencha sur sa table et posa la joue contre sa paume. Du coin de l'œil, il pouvait voir son nouveau tatouage briller doucement. Le journal de son père avec un marque-page dépassait de son sac à dos. À côté se trouvait un grand carnet.

Sur la couverture était inscrit le titre : « Les Chroniques de Vladimir Tod ».